ABEILLE

CONTE

ABEILLE

CONTE

PAR

ANATOLE FRANCE

PARIS. CHARAVAY FRÈRES ÉDITEURS

4, rue de Furstenberg

1883

ABEILLE

CHAPITRE I

QUI TRAITE DE LA FIGURE DE LA TERRE

ET SERT D'INTRODUCTION

La mer recouvre aujourd'hui le sol où fut le duché des Clarides. Nul vestige de la ville et du château. Mais on dit qu'à une lieue au large, on voit, par les temps calmes, d'énormes troncs d'arbres debout au fond de l'eau. Un endroit du rivage qui sert de poste aux douaniers se nomme encore en ce temps-ci l'Échoppe-du-Tailleur. Il est extrêmement probable que ce nom est un souvenir d'un certain maître Jean dont il est parlé dans notre récit. La mer, qui gagne tous les ans de ce côté, recouvrira bientôt ce lieu si singulièrement nommé.

De tels changements sont dans la nature des choses. Les montagnes s'affaissent dans le cours des âges ; le fond de la mer se soulève au contraire et porte jusqu'à la région des nuées et des glaces les coquillages et les madrépores.

Rien ne dure. La figure des terres et des mers change sans cesse. Seul, le souvenir des âmes et des formes traverse les âges et nous rend présent ce qui n'était plus depuis longtemps.

En vous parlant des Clarides, c'est vers un passé très ancien que je veux vous ramener. Je commence :

La comtesse de Blanchelande, ayant mis sur ses cheveux d'or un chaperon noir brodé de perles...

Mais, avant d'aller plus avant, je supplie les personnes graves de ne point me lire. Ceci n'est pas écrit pour elles. Ceci n'est point écrit pour les âmes raisonnables qui méprisent les bagatelles et veulent qu'on les instruise toujours. Je n'ose offrir cette histoire qu'aux gens qui veulent bien qu'on les amuse et dont l'esprit est jeune et joue parfois. Ceux à qui suffisent des amusements pleins d'innocence me liront seuls jusqu'au bout. Je les prie, ceux-là, de faire connaître mon *Abeille* à leurs enfants, s'ils en ont de petits. Je souhaite que ce récit plaise aux jeunes garçons et aux jeunes filles ; mais, à vrai dire, je n'ose l'espérer. Il est trop frivole pour eux et bon seulement pour les enfants du vieux temps. J'ai une jolie petite voisine de neuf ans dont j'ai examiné l'autre jour la bibliothèque particulière. J'y ai trouvé beaucoup de livres sur le microscope et les zoophytes, ainsi que plusieurs œuvres d'imagination. J'ouvris une de ces dernières et je tombai sur ces lignes : « La sèche, *sepia officinalis*, est un mollusque céphalopode dont le corps contient un organe spongieux à trame de chitine associé à du carbonate de chaux. » Ma jolie petite voisine trouve ce roman très intéressant. Je la supplie, si elle ne veut pas me faire mourir de honte, de ne jamais lire l'histoire d'*Abeille*, qui suit :

CHAPITRE II

OU L'ON VOIT CE QUE LA ROSE BLANCHE ANNONCE A LA COMTESSE DE BLANCHELANDE

Ayant mis sur ses cheveux d'or un chaperon noir brodé de perles et noué à sa taille les cordelières des veuves, la comtesse de Blanchelande entra dans l'oratoire où elle avait coutume de prier chaque jour pour l'âme de son mari, tué en combat singulier par un géant d'Irlande.

Ce jour-là, elle vit une rose blanche sur le coussin de son prie-Dieu : à cette vue, elle pâlit ; son regard se voila ; elle renversa la tête et se tordit les mains. Car elle savait que lorsqu'une comtesse de Blanchelande doit mourir, elle trouve une rose blanche sur son prie-Dieu.

Connaissant par là que son heure était venue de quitter ce monde où elle avait été en si peu de jours épouse, mère et veuve, elle alla dans la chambre où son fils Georges dormait sous la garde des servantes. Il avait trois ans ; ses longs cils faisaient une ombre charmante sur ses joues, et sa bouche ressemblait à une fleur. En le voyant si petit et si beau, elle se mit à pleurer.

— Mon petit enfant, lui dit-elle d'une voix éteinte, mon cher petit enfant, tu ne m'auras pas connue et mon image va s'effacer à jamais de tes doux yeux. Pourtant je t'ai nourri de mon lait, afin d'être vraiment ta mère, et j'ai refusé pour l'amour de toi la main des meilleurs chevaliers.

Ce disant, elle baisa un médaillon où étaient son portrait et une boucle de ses cheveux, et elle le passa au cou de son fils. Alors une larme de la mère tomba sur la joue de l'enfant qui s'agita dans son berceau et se frotta les paupières avec ses petits poings. Mais la comtesse détourna la tête et s'échappa de la chambre. Comment deux yeux qui allaient s'éteindre eussent-ils supporté l'éclat de deux yeux adorés où l'esprit commençait à poindre ?

Elle fit seller un cheval, et, suivie de son écuyer Francœur, elle se rendit au château des Clarides.

La duchesse des Clarides embrassa la comtesse de Blanchelande :

— Ma belle, quelle bonne fortune vous amène ?

— La fortune qui m'amène n'est point bonne ; écoutez-moi, amie. Nous fûmes mariées à peu d'années de distance et nous devînmes veuves par semblable aventure. Car en ce temps de chevalerie les meilleurs périssent les premiers, et il faut être moine pour durer longtemps. Quand vous devîntes mère, je l'étais depuis deux ans. Votre fille Abeille est belle comme le jour et mon petit Georges est sans méchanceté. Je vous aime et vous m'aimez. Or, apprenez que j'ai trouvé une rose blanche sur le coussin de mon prie-Dieu. Je vais mourir : je vous laisse mon fils.

La duchesse n'ignorait pas ce que la rose blanche annonce aux dames de Blanchelande. Elle se mit à pleurer et elle promit, au milieu des larmes, d'élever Abeille et Georges comme frère et sœur et de ne rien donner à l'un sans que l'autre en eût la moitié.

Alors se tenant embrassées, les deux femmes approchèrent du berceau où, sous de légers rideaux bleus comme le ciel, dormait la petite Abeille, qui, sans ouvrir les yeux, agita ses petits bras. Et, comme elle écartait les doigts, on voyait sortir de chaque manche cinq petits rayons roses.

— Il la défendra, dit la mère de Georges.

— Et elle l'aimera, répondit la mère d'Abeille.

— Elle l'aimera, répéta une petite voix claire que la duchesse reconnut pour celle d'un Esprit logé depuis longtemps sous une pierre du foyer.

A son retour au manoir, la dame de Blanchelande distribua ses bijoux à ses femmes et, s'étant fait oindre d'essences parfumées et habiller de ses plus beaux vêtements afin d'honorer ce corps qui doit ressusciter au jour du jugement dernier, elle se coucha sur son lit et s'endormit pour ne plus s'éveiller.

CHAPITRE III

OU COMMENCENT LES AMOURS DE GEORGES DE BLANCHELANDE ET D'ABEILLE DES CLARIDES

Contrairement au sort commun, qui est d'avoir plus de bonté que de beauté, ou plus de beauté que de bonté, la duchesse des Clarides était aussi bonne que belle, et elle était si belle que, pour avoir vu seulement son portrait, des princes la demandaient en mariage. Mais à toutes les demandes elle répondait :

— Je n'aurai qu'un mari, parce que je n'ai qu'une âme.

Pourtant, après cinq ans de deuil, elle quitta son long voile et ses vêtements noirs, afin de ne pas gâter la joie de ceux qui l'entouraient et pour qu'on pût sourire et s'égayer librement en sa présence. Son duché comprenait une grande surface de terres avec des landes dont la bruyère couvrait l'étendue désolée, des lacs où les pêcheurs prenaient des poissons dont quelques-uns étaient magiques, et des montagnes qui s'élevaient dans des solitudes horribles au-dessus des régions souterraines habitées par les Nains.

Elle gouvernait les Clarides par les conseils d'un vieux moine échappé de Constantinople, lequel, ayant vu beaucoup de violences et de perfidies, croyait peu à la sagesse des hommes. Il vivait enfermé dans une tour avec ses oiseaux et ses livres et, de là, il remplissait son office de conseiller d'après un petit nombre de maximes. Ses règles étaient : Ne jamais remettre en vigueur une loi tombée en désuétude ; céder aux vœux des populations de peur des émeutes, et y céder le plus lentement possible parce que, dès qu'une réforme est accordée, le public en réclame une autre, et qu'on est renversé pour avoir cédé trop vite, de même que pour avoir résisté trop longtemps.

La duchesse le laissait faire, n'entendant rien elle-même à la politique. Elle était compatissante et, ne pouvant estimer tous les hommes, elle plaignait ceux qui avaient le malheur d'être mauvais. Elle aidait les malheureux de toutes les manières, visitant les malades, consolant les veuves et recueillant les pauvres orphelins.

Elle élevait sa fille Abeille avec une sagesse charmante. Ayant formé cette enfant à n'avoir de plaisir qu'à bien faire, elle ne lui refusait aucun plaisir.

Cette excellente femme tint la promesse qu'elle avait faite à la pauvre comtesse de Blanchelande. Elle servit de mère à Georges et ne fit point de différence entre Abeille et lui. Ils grandissaient ensemble et Georges trouvait Abeille à son goût, bien que trop petite. Un jour, comme ils étaient encore au temps de leur première enfance, il s'approcha d'elle et lui dit :

— Veux-tu jouer avec moi ?

— Je veux bien, dit Abeille.

— Nous ferons des pâtés avec de la terre, dit Georges.

Et ils en firent. Mais, comme Abeille ne faisait pas bien les siens, Georges lui frappa les doigts avec sa pelle. Abeille poussa des cris affreux, et l'écuyer Francœur, qui se promenait dans le jardin, dit à son jeune maître :

— Battre les demoiselles n'est pas le fait d'un comte de Blanchelande, monseigneur.

Georges eut d'abord envie de passer sa pelle à travers le corps de l'écuyer. Mais, l'entreprise présentant des difficultés insurmontables, il se résigna à accomplir une action plus aisée, qui fut de se mettre le nez contre un gros arbre et de pleurer abondamment.

Pendant ce temps Abeille prenait soin d'entretenir ses larmes en s'enfonçant les poings dans les yeux ; et, dans son désespoir, elle se frottait le nez contre le tronc d'un arbre voisin. Quand la nuit vint envelopper la terre, Abeille et Georges pleuraient encore, chacun devant son arbre. Il fallut que la duchesse des Clarides prît sa fille d'une main et Georges de l'autre pour les ramener au château. Ils avaient les yeux rouges, le nez rouge, les joues luisantes; ils soupiraient et reniflaient à fendre l'âme. Ils soupèrent de bon appétit; après quoi on les mit chacun dans son lit. Mais ils en sortirent comme de petits fantômes dès que la chandelle eût été soufflée, et ils s'embrassèrent en chemise de nuit, avec de grands éclats de rire.

Ainsi commencèrent les amours d'Abeille des Clarides et de Georges de Blanchelande.

CHAPITRE IV

QUI TRAITE DE L'ÉDUCATION EN GÉNÉRAL ET DE CELLE DE GEORGES EN PARTICULIER

Georges grandit dans ce château au côté d'Abeille, qu'il nommait sa sœur en manière d'amitié et bien qu'il sût qu'elle ne l'était pas.

Il eut des maîtres en escrime, équitation, natation, gymnastique, danse, vénerie, fauconnerie, paume, et généralement en tous les arts. Il avait même un maître d'écriture. C'était un vieux clerc, humble de manières et très fier intérieurement, qui lui enseigna diverses écritures d'autant moins lisibles qu'elles étaient plus belles. Georges prit peu de plaisir et partant peu de profit aux leçons de ce vieux clerc, non plus qu'à celles d'un moine qui professait la grammaire en termes barbares. Georges ne concevait pas qu'on prît de la peine à apprendre une langue qu'on parle naturellement et qu'on nomme maternelle.

Il ne se plaisait qu'avec l'écuyer Francœur, qui, ayant beaucoup chevauché par le monde, connaissait les mœurs des hommes et des animaux, décrivait toutes sortes de pays et composait des chansons qu'il ne savait pas écrire. Francœur fut de tous les maîtres de Georges le seul qui lui apprit quelque chose, parce que c'était le seul qui l'aimât vraiment et qu'il n'y a de bonnes leçons que celles qui sont données avec amour. Mais les deux porte-lunettes, le maître d'écriture et le maître de grammaire, qui se haïssaient l'un l'autre de tout leur cœur, se réunirent pourtant tous deux dans une commune haine contre le vieil écuyer, qu'ils accusèrent d'ivrognerie.

Il est vrai que Francœur fréquentait un peu trop le cabaret du

Pot-d'étain. C'est là qu'il oubliait ses chagrins et qu'il composait ses chansons.

Mais Homère faisait les vers encore mieux que Francœur, et Homère ne buvait que l'eau des sources. Quant aux chagrins, tout le monde en a, et ce qui peut les faire oublier, ce n'est pas le vin qu'on boit, c'est le bonheur qu'on donne aux autres. Assurément Francœur avait tort d'aller au cabaret. Mais c'était un vieil homme blanchi sous le harnais, fidèle, plein de mérite, et les deux maîtres d'écriture et de grammaire devaient cacher ses faiblesses au lieu d'en faire à la duchesse un rapport exagéré.

— Francœur est un ivrogne, disait le maître d'écriture, et, quand il revient de la taverne du Pot-d'étain, il fait en marchant des *s* sur la route. C'est d'ailleurs la seule lettre qu'il ait jamais tracée; car cet ivrogne est un âne, madame la duchesse.

Le maître de grammaire ajoutait:

— Francœur chante, en titubant, des chansons qui pèchent par les règles et ne sont sur aucun modèle. Il ignore la synecdoche, madame la duchesse.

La duchesse avait un dégoût naturel des cuistres et des délateurs. Elle fit ce que chacun de nous eût fait à sa place : elle ne les écouta pas d'abord; mais, comme ils recommençaient sans cesse leurs rapports, elle finit par les croire et résolut d'éloigner Francœur. Toutefois, pour lui donner un exil honorable, elle l'envoya à Rome chercher la bénédiction du pape. Ce voyage était d'autant plus long pour l'écuyer Francœur que beaucoup de tavernes, hantées par des musiciens, séparent le siège apostolique du duché des Clarides.

On verra par la suite du récit que la duchesse regretta bientôt d'avoir privé les deux enfants de leur gardien le plus sûr.

CHAPITRE V

QUI DIT COMMENT LA DUCHESSE MENA ABEILLE ET GEORGES A L'ERMITAGE ET LA RENCONTRE QU'ILS Y FIRENT D'UNE AFFREUSE VIEILLE

Ce matin-là, qui était celui du premier dimanche après Pâques, la duchesse sortit du château sur son grand alezan, ayant à sa gauche Georges de Blanchelande, qui montait un cheval jayet dont la tête était noire avec une étoile au front, et, à sa droite, Abeille, qui gouvernait avec des rênes roses son cheval à la robe isabelle. Ils allaient entendre la messe à l'ermitage. Des soldats armés de lances leur faisaient escorte et la foule se pressait sur leur passage pour les admirer. Et, en vérité, ils étaient bien beaux tous trois. Sous son voile aux fleurs d'argent et dans son manteau flottant, la duchesse avait un air de majesté charmante ; et les perles dont sa coiffure était brodée jetaient un éclat plein de douceur qui convenait à la figure et à l'âme de cette belle personne. Près d'elle, les cheveux flottants et l'œil vif, Georges avait tout à fait bonne mine. Abeille, qui chevauchait de l'autre côté, laissait voir un visage dont les couleurs tendres et pures étaient pour les yeux une délicieuse caresse; mais rien n'était plus admirable que sa blonde chevelure, qui, ceinte d'un bandeau à trois fleurons d'or, se répandait sur ses épaules comme l'éclatant manteau de sa jeunesse et de sa beauté. Les bonnes gens disaient en la voyant : « Voilà une gentille demoiselle ! »

Le maître tailleur, le vieux Jean, prit son petit-fils Pierre dans ses bras pour lui montrer Abeille, et Pierre demanda si elle était vivante ou si elle n'était pas plutôt une image de cire. Il ne concevait pas qu'on pût être si blanche et si mignonne en appartenant à l'espèce dont il était lui-même, le petit Pierre, avec ses bonnes grosses joues hâlées et sa chemisette bise lacée dans le dos d'une rustique manière.

Tandis que la duchesse recevait les hommages avec bienveillance, les deux enfants laissaient voir le contentement de leur orgueil, Georges par sa rougeur, Abeille par ses sourires. C'est pourquoi la duchesse leur dit :

— Ces braves gens nous saluent de bon cœur. Georges, qu'en pensez-vous? Et qu'en pensez-vous, Abeille?

— Qu'ils font bien, répondit Abeille.

— Et que c'est leur devoir, ajouta Georges.

— Et d'où vient que c'est leur devoir? demanda la duchesse.

Voyant qu'ils ne répondaient pas, elle reprit :

— Je vais vous le dire. De père en fils, depuis plus de trois cents ans, les ducs des Clarides défendent, la lance au poing, ces pauvres gens, qui leur doivent de pouvoir moissonner les champs qu'ils ont ensemencés. Depuis plus de trois cents ans toutes les duchesses des Clarides filent la laine pour les pauvres, visitent les malades et tiennent les nouveau-nés sur les fonts du baptême. Voilà pourquoi l'on vous salue, mes enfants.

Georges songea : Il faudra protéger les laboureurs. Et Abeille : Il faudra filer de la laine pour les pauvres.

Et ainsi devisant et songeant, ils cheminaient entre les prairies étoilées de fleurs. Des montagnes bleues dentelaient l'horizon. Georges étendit la main vers l'Orient :

— N'est-ce point, demanda-t-il, un grand bouclier d'acier que je vois là-bas?

— C'est plutôt une agrafe d'argent grande comme la lune, dit Abeille.

— Ce n'est point un bouclier d'acier ni une agrafe d'argent, mes enfants, répondit la duchesse, mais un lac qui brille au soleil. La surface des eaux, qui vous semble de loin unie comme un miroir, est agitée d'innombrables lames. Les bords de ce lac, qui vous apparaissent si nets et comme taillés dans du métal, sont en réalité couverts de roseaux aux aigrettes légères et d'iris dont la fleur est comme un regard humain entre des glaives. Chaque matin, une blanche vapeur revêt le lac, qui, sous le soleil de midi, étincelle comme une armure. Mais il n'en faut point approcher; car il est habité par les Ondines, qui entraînent les passants dans leur manoir de cristal.

A ce moment, ils entendirent la clochette de l'ermitage.

— Descendons, dit la duchesse, et allons à pied à la chapelle. Ce n'est ni sur leur éléphant ni sur leur chameau que les rois mages s'approchèrent de la Crèche.

Ils entendirent la messe de l'ermite. Une vieille, hideuse et couverte de haillons, s'était agenouillée au côté de la duchesse, qui, en sortant de l'église, offrit de l'eau bénite à la vieille et dit :

— Prenez, ma mère.

Georges s'étonnait.

— Ne savez-vous donc point, lui dit la duchesse, qu'il faut honorer dans les pauvres les préférés de Jésus-Christ? Une mendiante semblable à celle-ci vous tint avec le bon duc des Rochesnoires sur les fonts du baptême; et votre petite sœur Abeille eut pareillement un pauvre pour parrain.

La vieille, qui avait deviné les sentiments du jeune garçon, se pencha vers lui en ricanant et dit :

— Je vous souhaite, beau prince, de conquérir autant de royaumes que j'en ai perdus. J'ai été reine de l'Ile des Perles et des Montagnes d'Or; j'avais chaque jour quatorze sortes de poissons à ma table, et un négrillon me portait ma queue.

— Et par quel malheur avez-vous perdu vos îles et vos montagnes, bonne femme? demanda la duchesse.

— J'ai mécontenté les Nains, qui m'ont transportée loin de mes États.

— Les Nains ont-ils tant de pouvoir? demanda Georges.

— Vivant dans la terre, répondit la vieille, ils connaissent les vertus des pierres, travaillent les métaux et découvrent les sources.

La duchesse :

— Et que fites-vous qui les fâcha, la mère?

La vieille :

— Un d'eux vint, par une nuit de décembre, me demander la permission de préparer un grand réveillon dans les cuisines du château, qui, plus vastes qu'une salle capitulaire, étaient meublées de casseroles, poèles, poêlons, chaudrons, coquemars, fours de campagne, grils, sauteuses, lèchefrites, cuisinières, poissonnières, bassines, moules à pâtisserie, cruches de cuivre, hanaps d'or et d'argent et de madre madré, sans compter le tournebroche de fer artistement forgé et la marmite ample et noire suspendue à la crémaillère. Il me promit de ne rien égarer ni endommager. Je lui refusai pourtant ce qu'il me demandait, et il se retira en murmurant d'obscures menaces. La troisième *nuit*, qui *était* celle de Noël, le même nain revint dans la chambre où je dormais; il était accompagné d'une infinité d'autres qui, m'arrachant de mon lit, me transportèrent en chemise sur une terre inconnue.

— Voilà, dirent-ils en me quittant, voilà le châtiment des riches qui ne veulent point accorder de part dans leurs trésors au peuple laborieux et doux des Nains, qui travaillent l'or et font jaillir les sources.

Ainsi parla l'édentée vieille femme, et la duchesse, l'ayant réconfortée de paroles et d'argent, reprit avec les deux enfants le chemin du château.

CHAPITRE VI

QUI TRAITE DE CE QUE L'ON VOIT DU DONJON DES CLARIDES

A peu de temps de là, Abeille et Georges montèrent un jour, sans qu'on les vît, l'escalier du donjon qui s'élevait au milieu du château des Clarides. Parvenus sur la plate-forme, ils poussèrent de grands cris et battirent des mains.

Leur vue s'étendait sur des côteaux coupés en petits carrés bruns ou verts de champs cultivés. Des bois et des montagnes bleuissaient à l'horizon lointain.

— Petite sœur, s'écria Georges, petite sœur, regarde la terre entière !

— Elle est bien grande, dit Abeille.

— Mes professeurs, dit Georges, m'avaient enseigné qu'elle était grande ; mais, comme dit Gertrude, notre gouvernante, il faut le voir pour le croire.

Ils firent le tour de la plate-forme.

— Vois une chose merveilleuse, petit frère, s'écria Abeille. Le château est situé au milieu de la terre et nous, qui sommes sur le donjon qui est au milieu du château, nous nous trouvons au milieu du monde. Ha! ha ! ha !

En effet, l'horizon formait autour des enfants un cercle dont le donjon était le centre.

— Nous sommes au milieu du monde, ha ! ha! ha ! répéta Georges.

Puis tous deux se mirent à songer.

— Quel malheur que le monde soit si grand ! dit Abeille : on peut s'y perdre et y être séparé de ses amis.

Georges haussa les épaules :

— Quel bonheur que le monde soit si grand ! on y peut chercher des aventures. Abeille, je veux, quand je serai grand, conquérir ces montagnes qui sont tout au bout de la terre. C'est là que se lève la lune; je la saisirai au passage et je te la donnerai, mon Abeille.

— C'est cela ! dit Abeille; tu me la donneras et je la mettrai dans mes cheveux.

Puis ils s'occupèrent à chercher comme sur une carte les endroits qui leur étaient familiers.

— Je me reconnais très bien, dit Abeille (qui ne se reconnaissait point du tout), mais je ne devine pas ce que peuvent être toutes ces petites pierres carrées semées sur le coteau.

— Des maisons ! lui répondit Georges; ce sont des maisons. Ne reconnais-tu pas, petite sœur, la capitale du duché des Clarides ? C'est pourtant une grande ville : elle a trois rues dont une est carrossable. Nous la traversâmes la semaine passée pour aller à l'ermitage. T'en souvient-il ?

— Et ce ruisseau qui serpente?

— C'est la rivière. Vois, là-bas, le vieux pont de pierre.

— Le pont sous lequel nous pêchâmes des écrevisses?

— Celui-là même, et qui porte dans une niche la statue de la femme sans tête. Mais on ne la voit pas d'ici parce qu'elle est trop petite.

— Je me la rappelle. Pourquoi n'a-t-elle pas de tête?

— Mais probablement parce qu'elle l'a perdue.

Sans dire si cette explication la contentait, Abeille contemplait l'horizon.

— Petit frère, petit frère, vois-tu ce qui brille du côté des montagnes bleues? C'est le lac!

— C'est le lac!

Ils se rappelèrent alors ce que la duchesse leur avait dit de ces eaux dangereuses et belles où les Ondines avaient leur manoir.

— Allons-y! dit Abeille.

Cette résolution bouleversa Georges, qui, ouvrant une grande bouche, s'écria:

— La duchesse nous a défendu de sortir seuls, et comment irons-nous à ce lac qui est au bout du monde?

— Comment nous irons, je ne le sais pas, moi. Mais tu dois le savoir, toi qui es un homme et qui as un maître de grammaire.

Georges, piqué, répondit qu'on pouvait être un homme et même un bel homme sans savoir tous les chemins de ce monde. Abeille prit un petit air dédaigneux qui le fit rougir jusqu'aux oreilles, et elle dit d'un ton sec:

— Je n'ai pas promis, moi, de conquérir les montagnes bleues et de décrocher la lune. Je ne sais pas le chemin des lacs, mais je le trouverai bien, moi!

— Ah! ah! ah! s'écria Georges en s'efforçant de rire.

— Vous riez comme un cornichon, monsieur.

— Abeille, les cornichons ne rient ni ne pleurent.

— S'ils riaient, ils riraient comme vous, monsieur. J'irai seule au lac. Et pendant que je découvrirai les belles eaux qu'habitent les Ondines, vous resterez seul au château, comme une petite fille. Je vous laisserai mon métier et ma poupée. Vous en aurez grand soin, Georges; vous en aurez grand soin.

Georges avait de l'amour-propre. Georges fut sensible à la honte que lui faisait Abeille. La tête basse, très sombre, il s'écria d'une voix sourde.

— Hé bien! nous irons au lac!

CHAPITRE VII

OÙ IL EST DIT COMMENT ABEILLE ET GEORGES S'EN ALLÈRENT AU LAC

Le lendemain, après le dîner de midi, tandis que la duchesse était retirée dans sa chambre, Georges prit Abeille par la main.

— Allons! lui dit-il.

— Où?

— Chut!

Ils descendirent l'escalier et traversèrent les cours. Quand ils eurent passé la poterne, Abeille demanda pour la seconde fois où ils allaient.

— Au lac! répondit résolument Georges.

Demoiselle Abeille ouvrit une grande bouche et resta coite. Aller si loin sans permission, en souliers de satin! Car elle avait des souliers de satin. Était-ce raisonnable?

— Il faut y aller et il n'est pas nécessaire d'être raisonnable.

Telle fut la sublime réponse de Georges à Abeille. Elle lui avait fait honte, et maintenant elle faisait l'étonnée... C'est lui, cette fois, qui la renvoyait dédaigneusement à sa poupée. Les filles poussent aux aventures et s'y dérobent. Fi! le vilain caractère! Qu'elle reste! Il irait seul.

Elle lui prit le bras; il la repoussa. Elle se suspendit au cou de son frère.

— Petit frère ! disait-elle en sanglotant, je te suivrai.

Il se laissa toucher par un si beau repentir.

— Viens, dit-il, mais ne passons pas par la ville, car on pourrait nous voir. Il vaut mieux suivre les remparts et gagner la grand'route par le chemin de traverse.

Et ils allèrent en se tenant par la main. Georges expliquait le plan qu'il avait arrêté :

— Nous suivrons, disait-il, la route que nous avons prise pour aller à l'ermitage; nous ne manquerons pas d'apercevoir le lac comme nous l'avons aperçu l'autre fois, et alors nous nous y rendrons à travers champs, en ligne d'abeille.

En ligne d'abeille est une agreste et jolie façon de dire en ligne droite; mais ils se mirent à rire à cause du nom de la jeune fille qui venait bizarrement dans ce propos.

Abeille cueillit des fleurs au bord du fossé : c'étaient des fleurs de mauve, des bouillons-blancs, des asters et des chrysanthèmes dont elle fit un bouquet; dans ses petites mains, les fleurs se fanaient à vue d'œil et elles étaient pitoyables à voir quand Abeille passa le vieux pont de pierre. Comme elle ne savait que faire de son bouquet, elle eut l'idée de le jeter à l'eau pour le rafraîchir, mais elle aima mieux le donner à la femme sans tête.

Elle pria Georges de la soulever dans ses bras pour être assez grande, et elle déposa sa brassée de fleurs agrestes entre les mains jointes de la vieille figure de pierre.

Quand elle fut loin, elle détourna la tête et vit une colombe sur l'épaule de la statue.

Ils marchaient depuis quelque temps. Abeille dit :

— J'ai soif.

— Moi aussi, dit Georges. Mais la rivière est loin derrière nous et je ne vois ni ruisseau ni fontaine.

— Le soleil est si ardent qu'il les aura tous bus. Qu'allons-nous faire ?

Ainsi ils parlaient et se lamentaient, quand ils virent venir une paysanne qui portait des cerises dans un panier.

— Des cerises! s'écria Georges. Quel malheur que je n'aie pas d'argent pour en acheter!

— J'ai de l'argent, moi, dit Abeille.

Elle tira de sa poche une bourse garnie de cinq pièces d'or et, s'adressant à la paysanne :

— Bonne femme, dit-elle, voulez-vous me donner autant de cerises que ma robe en pourra tenir?

Ce disant, elle soulevait à deux mains le bord de sa jupe. La paysanne y jeta deux ou trois poignées de cerises. Abeille prit d'une seule main sa jupe retroussée, tendit de l'autre une pièce d'or à la femme et dit :

— Est-ce assez, cela?

La paysanne saisit cette pièce d'or qui eût payé largement toutes les cerises du panier avec l'arbre qui les avait portées et le clos où cet arbre était planté. Et la rusée répondit :

— Je n'en demande pas davantage, pour vous obliger, ma petite princesse.

— Alors, reprit Abeille, mettez d'autres cerises dans le chapeau de mon frère et vous aurez une autre pièce d'or.

Ce fut fait. La paysanne continua son chemin en se demandant dans quel bas de laine, au fond de quelle paillasse elle cacherait ses deux pièces d'or. Et les deux enfants suivirent leur route, mangeant les cerises et jetant les noyaux à droite et à gauche. Georges chercha les cerises qui se tenaient deux à deux par la queue, pour en faire des pendants d'oreille à sa sœur, et il riait de voir ces beaux fruits jumeaux, à la chair vermeille, se balancer sur la joue d'Abeille.

Un caillou arrêta leur marche joyeuse. Il s'était logé dans le soulier d'Abeille, qui se mit à clocher. A chaque saut qu'elle faisait, ses boucles blondes s'agitaient sur ses joues, et elle alla, ainsi clochant, s'asseoir sur le talus de la route. Là, son frère, agenouillé à ses pieds, retira le soulier de satin; il le secoua et un petit caillou blanc en sortit.

Alors, regardant ses pieds, elle dit :

— Petit frère, quand nous retournerons au lac, nous mettrons des bottes.

Le soleil s'inclinait déjà dans le firmament radieux; un souffle de brise caressa les joues et le cou des jeunes voyageurs, qui, rafraîchis et ranimés, poursuivirent hardiment leur voyage. Pour mieux marcher, ils chantaient en se tenant par la main, et ils riaient de voir devant eux s'agiter leurs deux ombres unies. Ils chantaient :

Marian' s'en allant au moulin,
Pour y faire moudre son grain,
Ell' monta sur son âne.
Ma p'tite mam'sell' Marianne!
Ell' monta sur son âne Martin
Pour aller au moulin...

Mais Abeille s'arrête; elle s'écrie :

— J'ai perdu mon soulier, mon soulier de satin!

Et cela était comme elle le disait. Le petit soulier, dont les cordons de soie s'étaient relâchés dans la marche, gisait tout poudreux sur la route.

Alors elle regarda derrière elle et, voyant les tours du château des Clarides effacées dans la brume lointaine, elle sentit son cœur se serrer et des larmes lui venir aux yeux.

— Les loups nous mangeront, dit-elle ; et notre mère ne nous verra plus, et elle mourra de chagrin.

Mais Georges lui remit son soulier et lui dit :

— Quand la cloche du château sonnera le souper, nous serons de retour aux Clarides. En avant!

Le meunier qui la voit venir
Ne peut s'empêcher de lui dire :
Attachez là votre âne,
Ma p'tite mam'sell' Marianne,
Attachez là votre âne Martin
Qui vous mène au moulin.

— Le lac! Abeille, vois : le lac, le lac, le lac!

— Oui, Georges, le lac!

Georges cria *hurrah!* et jeta son chapeau en l'air. Abeille avait trop de retenue pour jeter semblablement sa coiffe; mais, ôtant son soulier qui ne tenait guère, elle le lança par-dessus sa tête en signe de réjouissance. Il était là, le lac, au fond de la vallée, dont les pentes circulaires faisaient aux ondes argentées une grande coupe de feuillage et de fleurs. Il était là, tranquille et pur, et l'on voyait un frisson passer sur la verdure encore confuse de ses rives. Mais les deux enfants ne découvraient dans la futaie aucun chemin qui menât à ces belles eaux.

Tandis qu'ils en cherchaient un, ils eurent les mollets mordus par des oies qu'une petite fille, vêtue d'une peau de mouton, suivait avec sa gaule. Georges lui demanda comment elle se nommait.

— Gilberte.

— Eh bien, Gilberte, comment va-t-on au lac?

— On n'y va pas.

— Pourquoi?

— Parce que...

— Mais si on y allait?

— Si on y allait, il y aurait un chemin et on prendrait ce chemin.

Il n'y avait rien à répondre à la gardeuse d'oies.

— Allons, dit Georges, nous trouverons sans doute plus loin un sentier sous bois.

— Nous y cueillerons des noisettes, dit Abeille, et nous les mangerons, car j'ai faim. Il faudra, quand nous retournerons au lac, emporter une valise pleine de choses bonnes à manger.

Georges :

— Nous ferons ce que tu dis, petite sœur; j'approuve à présent l'écuyer Francœur, qui, lorsqu'il partit pour Rome, emporta un jambon pour la faim et une dame-jeanne pour la soif. Mais hâtons-nous, car il me semble que le jour s'avance, quoique je ne sache pas l'heure.

— Les bergères la savent en regardant le soleil, dit Abeille; mais je ne suis pas bergère. Il me semble pourtant que le soleil, qui était sur notre tête quand nous partîmes, est maintenant là-bas, loin derrière la ville et le château des Clarides. Il faudrait savoir s'il en est ainsi tous les jours et ce que cela signifie.

Tandis qu'ils observaient ainsi le soleil, un nuage de poussière se leva sur la route, et ils aperçurent des cavaliers qui s'avançaient à bride abattue et dont les armes brillaient. Les enfants eurent grand'peur et s'allèrent cacher dans les fourrés. Ce sont des voleurs ou plutôt des ogres, pensaient-ils. En réalité, c'étaient des gardes que la duchesse des Clarides avait envoyés à la recherche des deux petits aventureux.

Les deux petits aventureux trouvèrent dans le fourré un sentier étroit, qui n'était point un sentier d'amoureux, car on n'y pouvait marcher deux de front en se tenant par la main à la façon des fiancés. Aussi n'y trouvait-on point l'empreinte de pas humains. On y voyait seulement le creux laissé par une infinité de petits pieds fourchus.

— Ce sont des pieds de diablotins, dit Abeille.

— Ou de biches, dit Georges.

La chose n'a point été éclaircie. Mais ce qu'il y a de certain, c'est que le sentier descendait en pente douce jusqu'au bord du lac, qui apparut aux deux enfants dans sa languissante et silencieuse beauté. Des saules arrondissaient sur les bords leur feuillage tendre. Des roseaux balançaient sur les eaux leurs glaives souples et leurs délicats panaches; ils formaient des îles frissonnantes autour desquelles les nénuphars étalaient leurs grandes feuilles en cœur et leurs fleurs à la chair blanche. Sur ces îles fleuries, les demoiselles, au corsage d'émeraude ou de saphir et aux ailes de flamme, traçaient d'un vol strident des courbes brusquement brisées.

Et les deux enfants trempaient avec délices leurs pieds brûlants dans le gravier humide où couraient la pesse touffue et la massette aux longs dards. L'acore leur jetait les parfums de son humble tige ; autour d'eux le plantain déroulait sa dentelle au bord des eaux dormantes, que l'épilobe étoilait de ses fleurs violettes.

CHAPITRE VIII

OU L'ON VOIT CE QU'IL EN COUTE A GEORGES DE BLANCHELANDE POUR S'ÊTRE APPROCHÉ DU LAC HABITÉ PAR LES ONDINES

Abeille s'avança sur le sable entre deux bouquets de saules, et devant elle le petit génie du lieu sauta dans l'eau en laissant à la surface des cercles qui s'agrandirent et s'effacèrent. Ce génie était une petite grenouille verte au ventre blanc. Tout se taisait ; un souffle frais passait sur ce lac clair, dont chaque lame avait le pli gracieux d'un sourire.

— Ce lac est joli, dit Abeille ; mais mes pieds saignent dans mes petits souliers déchirés et j'ai grand'faim. Je voudrais bien être dans le château.

— Petite sœur, dit Georges, assieds-toi sur l'herbe. Je vais, pour les rafraîchir, envelopper tes pieds dans des feuilles ; puis j'irai te chercher à souper. J'ai vu là-haut, proche la route, des ronces toutes noires de mûres. Je t'apporterai dans mon chapeau les plus belles et les plus sucrées. Donne-moi ton mouchoir : j'y mettrai des fraises, car il y a des fraisiers ici près, au bord du sentier, à l'ombre des arbres. Et je remplirai mes poches de noisettes.

Il arrangea au bord du lac, sous un saule, un lit de mousse pour Abeille, et il partit.

Abeille, étendue, les mains jointes, sur son lit de mousse, vit des étoiles s'allumer en tremblant dans le ciel pâle ; puis ses yeux se fermèrent à demi ; pourtant il lui sembla voir en l'air un petit nain monté sur un corbeau. Ce n'était point une illusion. Ayant tiré les rênes que mordait l'oiseau noir, le nain s'arrêta au-dessus de la jeune fille et fixa sur elle ses yeux ronds; puis il piqua des deux et partit au grand vol. Abeille vit confusément ces choses et s'endormit.

Elle dormait quand Georges revint avec sa cueillette, qu'il déposa près d'elle. Il descendit au bord du lac en attendant qu'elle se réveillât. Le lac dormait sous sa délicate couronne de feuillage. Une vapeur légère traînait mollement sur ses eaux. Tout à coup la lune se montra entre les branches; aussitôt les ondes furent jonchées d'étincelles.

Georges vit bien que ces lueurs qui éclairaient les eaux n'étaient pas toutes le reflet brisé de la lune, car il remarqua des flammes bleues qui s'avançaient en tournoyant avec des ondulations et des balancements comme si elles dansaient des rondes. Il reconnut bientôt que ces flammes tremblaient sur des fronts blancs, sur des fronts de femmes. En peu de temps de belles têtes couronnées d'algues et de pétoncles, des épaules sur lesquelles se répandaient des chevelures vertes, des poitrines chargées de perles, des voiles, des draperies flottantes s'élevèrent au-dessus des vagues. L'enfant reconnut les Ondines et voulut fuir. Mais déjà des bras pâles et froids l'avaient saisi et il était emporté, malgré ses efforts et ses cris, à travers les eaux, dans des galeries de cristal et de porphyre.

CHAPITRE IX

OU L'ON VOIT COMMENT ABEILLE FUT CONDUITE CHEZ LES NAINS

La lune s'était élevée au-dessus du lac, et les eaux ne reflétaient plus que le disque émietté de l'astre. Abeille dormait encore. Le nain qui l'avait observée revint vers elle sur son corbeau. Il était suivi cette fois d'une troupe de petits hommes. C'étaient de très petits hommes. Une barbe blanche leur pendait jusqu'aux genoux. Ils avaient l'aspect de vieillards avec une taille d'enfant. A leurs tabliers de cuir et aux marteaux qu'ils portaient suspendus à leur ceinture on les reconnaissait pour des ouvriers travaillant les métaux. Leur démarche était étrange; sautant à de grandes hauteurs et faisant d'étonnantes culbutes, ils montraient une inconcevable agilité, et en cela ils étaient moins semblables à des hommes qu'à des esprits. Mais en faisant leurs cabrioles les plus folâtres ils gardaient une inaltérable gravité, en sorte qu'il était impossible de démêler leur véritable caractère.

Ils se placèrent en cercle autour de la dormeuse.

— Eh bien! dit du haut de sa monture emplumée le plus petit des nains; eh bien! vous ai-je trompés en vous avertissant que la plus jolie princesse de la terre dormait au bord du lac, et ne me remerciez-vous pas de vous l'avoir montrée?

— Nous t'en remercions, Bob, répondit un des nains qui avait l'air d'un vieux poète; en effet, il n'est rien au monde de si joli que cette jeune demoiselle. Son teint est plus rose que l'aurore qui se lève sur la montagne, et l'or que nous forgeons n'est pas aussi éclatant que celui de cette chevelure.

— Il est vrai, Pic; Pic, rien n'est plus vrai, répondirent les nains; mais que ferons-nous de cette jolie demoiselle?

Pic, semblable à un poète très âgé, ne répondit point à cette question des nains, parce qu'il ne savait pas mieux qu'eux ce qu'il fallait faire de la jolie demoiselle.

Un nain, nommé Rug, leur dit :

— Construisons une grande cage et nous l'y enfermerons.

Un nain, nommé Dig, combattit la proposition de Rug. De l'avis de Dig, on ne mettait en cage que les animaux sauvages, et rien ne pouvait encore faire deviner que la jolie demoiselle fût de ceux-là.

Mais Rug tenait à son idée, faute d'en avoir une autre à mettre à la place. Il la défendit avec subtilité :

Si cette personne, dit-il, n'est point sauvage, elle ne manquera pas de le devenir par l'effet de la cage, qui deviendra, en conséquence, utile et même indispensable.

Ce raisonnement déplut aux nains, et l'un d'eux, nommé Tad, le condamna avec indignation. C'était un nain plein de vertu. Il proposa de ramener la belle enfant à ses parents, qu'il pensait être de puissants seigneurs.

Cet avis du vertueux Tad fut repoussé comme contraire à la coutume des Nains.

— C'est la justice, disait Tad, et non la coutume qu'il faut suivre.

Mais on ne l'écoutait plus, et l'assemblée s'agitait tumultueusement, lorsqu'un nain, nommé Pau, qui avait l'esprit simple, mais juste, donna son avis en ces termes :

— Il faut commencer par réveiller cette demoiselle, puisqu'elle ne se réveille pas d'elle-même ; si elle passe la nuit de la sorte, elle aura demain les paupières gonflées et sa beauté en sera moindre, car il est très malsain de dormir dans un bois au bord d'un lac.

Cette opinion fut généralement approuvée, parce qu'elle n'en contrariait aucune autre. Pic, semblable à un vieux poète accablé de maux, s'approcha de la jeune fille et la contempla gravement, dans la pensée qu'un seul de ses regards suffirait pour tirer la dormeuse du fond du plus épais sommeil. Mais Pic s'abusait sur le pouvoir de ses yeux, et Abeille continua à dormir les mains jointes.

Ce que voyant, le vertueux Tad la tira doucement par une manche. Alors elle entr'ouvrit les yeux et se souleva sur son coude. Quand elle se vit sur un lit de mousse entourée de nains, elle crut que ce qu'elle voyait était un rêve de la nuit et elle frotta ses yeux pour les dessiller et afin qu'il y entrât, au lieu de visions fantastiques, la pure lumière du matin visitant sa chambre bleue, où elle croyait être. Car son esprit, engourdi par le sommeil, ne lui rappelait pas l'aventure du lac. Mais elle avait beau se frotter les yeux, les nains n'en sortaient pas ; il lui fallut bien croire qu'ils étaient véritables. Alors, promenant ses regards inquiets, elle vit la forêt, rappela ses souvenirs et cria avec angoisse :

— Georges, mon frère Georges !

Les nains s'empressaient autour d'elle ; et, comme ils l'effrayaient, elle se cachait, de peur de les voir, le visage dans les mains.

— Georges ! Georges ! où est mon frère Georges ? criait-elle en sanglotant.

Les nains ne le lui dirent pas, par la raison qu'ils l'ignoraient. Et elle pleurait à chaudes larmes en appelant sa mère et son frère.

Pau eut envie de pleurer comme elle ; mais, pénétré du désir de la consoler, il lui adressa quelques paroles vagues.

— Ne vous tourmentez point, lui dit-il ; il serait dommage qu'une si jolie demoiselle se gâtât les yeux à pleurer. Contez-nous plutôt votre histoire, elle ne peut manquer d'être divertissante. Nous y prendrons un plaisir extrême.

Elle ne l'écoutait point. Elle se mit debout et voulut fuir. Mais ses pieds enflés et nus lui causèrent une si vive douleur qu'elle tomba sur ses genoux en sanglotant de plus belle. Tad la soutint dans ses bras et Pau lui baisa doucement la main. Alors elle osa les regarder et elle vit qu'ils avaient l'air plein de pitié. Pic lui sembla un être inspiré, mais innocent, et, s'apercevant que tous ces petits hommes lui montraient de la bienveillance, elle leur dit :

— Petits hommes, il est dommage que vous soyez si laids ; mais je vous aimerai tout de même si vous me donnez à manger, car j'ai faim.

— Bob ! s'écrièrent à la fois tous les nains ; allez chercher à souper.

Et Bob partit sur son corbeau. Toutefois les nains ressentaient l'injustice qu'avait cette fillette de les trouver laids. Rug en était fort en colère. Pic se disait : « Ce n'est qu'une enfant et elle ne voit pas le feu du génie qui brille dans mes regards et leur donne tour à tour la force qui terrasse et la grâce qui charme. » Pau songeait : « J'aurais peut-être mieux fait de ne pas éveiller cette jeune demoiselle qui nous trouve laids. » Mais Tad dit en souriant :

— Mademoiselle, vous nous trouverez moins laids quand vous nous aimerez davantage.

A ces mots, Bob reparut sur son corbeau. Il portait sur un plat d'or une perdrix rôtie, avec un pain de gruau et une bouteille de vin de Bordeaux. Il déposa ce souper aux pieds d'Abeille en faisant un nombre incalculable de culbutes.

Abeille mangea et dit :

— Petits hommes, votre souper était très bon. Je me nomme Abeille ; cherchons mon frère et allons ensemble aux Clarides, où maman nous attend dans une grande inquiétude.

Mais Dig, qui était un bon nain, représenta à Abeille qu'elle était incapable de marcher ; que son frère était assez grand pour se retrouver lui-même ; qu'il n'avait pu lui arriver malheur dans cette contrée où tous les animaux féroces avaient été détruits. Il ajouta :

— Nous ferons un brancard, nous le couvrirons d'une jonchée de feuilles et de mousses, nous vous y coucherons, nous vous porterons ainsi couchée dans la montagne et nous vous présenterons au roi des Nains, comme le veut la coutume de notre peuple.

Tous les nains applaudirent. Abeille regarda ses pieds endoloris et se tut. Elle était bien aise d'apprendre qu'il n'y avait pas d'animaux féroces dans la contrée. Pour le reste, elle s'en remettait à l'amitié des nains.

Déjà ils construisaient le brancard. Ceux qui avaient des cognées entaillaient à grands coups le pied de deux jeunes sapins.

Cela remit à Rug son idée en tête.

— Si, au lieu d'un brancard, dit-il, nous construisions une cage ?

Mais il souleva une réprobation unanime. Tad, le regardant avec mépris, s'écria :

— Rug, tu es plus semblable à un homme qu'à un nain. Mais ceci du moins est à l'honneur de notre race que le plus méchant des Nains en est aussi le plus bête.

Cependant l'ouvrage se faisait. Les nains sautaient en l'air pour atteindre les branches qu'ils coupaient au vol et dont ils formaient habilement un siège à claire-voie. L'ayant recouvert de mousses et de feuillée, ils y firent asseoir Abeille ; puis ils saisirent à la fois les deux montants, ohé ! se les mirent sur l'épaule, hop ! et prirent leur course vers la montagne, hip !

CHAPITRE X

QUI RELATE FIDÈLEMENT L'ACCUEIL QUE LE ROI LOC FIT A ABEILLE DES CLARIDES

Ils montaient par un chemin sinueux la côte boisée. Dans la verdure grise des chênes nains, des blocs de granit se dressaient çà et là, stériles et rouillés, et la montagne rousse avec ses gorges bleuâtres fermait l'âpre paysage.

Le cortège, que Bob précédait sur sa monture ailée, s'engagea dans une fissure tapissée de ronces. Abeille, avec ses cheveux d'or répandus sur ses épaules, ressemblait à l'aurore levée sur la montagne, s'il est vrai que parfois l'aurore s'effraye, appelle sa mère et veut fuir, car la fillette en vint à ces trois points sitôt qu'elle aperçut confusément des Nains terriblement armés, en embuscade dans toutes les anfractuosités du rocher.

L'arc bandé ou la lance en arrêt, ils se tenaient immobiles. Leurs tuniques de peaux de bêtes et de longs couteaux pendus à leur ceinture rendaient leur aspect terrible. Du gibier de poil et de plume gisait à leurs côtés. Mais ces chasseurs, à ne regarder que leur visage, n'avaient pas l'air farouche ; ils paraissaient au contraire doux et graves comme les Nains de la forêt, auxquels ils ressemblaient beaucoup.

Debout au milieu d'eux se tenait un nain plein de majesté. Il portait à l'oreille une plume de coq et au front un diadème fleuronné de pierres énormes. Son manteau, relevé sur l'épaule, laissait voir un bras robuste, chargé de cercles d'or. Un oliphant d'ivoire et d'argent ciselé pendait à sa ceinture. Il s'appuyait de la main gauche sur sa lance dans l'attitude de la force au repos, et il tenait la droite au-dessus de ses yeux pour regarder du côté d'Abeille et de la lumière.

— Roi Loc, lui dirent les Nains de la forêt, nous t'amenons la belle enfant que nous avons trouvée : elle se nomme Abeille.

— Vous faites bien, dit le roi Loc. Elle vivra parmi nous comme le veut la coutume des Nains.

Puis, s'approchant d'Abeille :

— Abeille, lui dit-il, soyez la bienvenue.

Il lui parlait avec douceur, car il se sentait déjà de l'amitié pour elle. Il se haussa sur la pointe des pieds pour baiser la main qu'elle laissait pendre, et il l'assura que non seulement il ne lui serait point fait de mal, mais encore qu'on la contenterait dans tous ses désirs, quand bien même elle souhaiterait des colliers, des miroirs, des laines de Cachemire et des soies de la Chine.

— Je voudrais bien des souliers, répondit Abeille.

Alors le roi Loc frappa de sa lance un disque de bronze qui était suspendu à la paroi du rocher, et aussitôt on vit quelque chose venir du fond de la caverne en bondissant comme une balle. Cela grandit et montra la figure d'un nain qui rappelait par le visage les traits que les peintres donnent à l'illustre Bélisaire, mais dont le tablier de cuir à bavette révélait un cordonnier. C'était, en effet, le chef des cordonniers.

— Truc, lui dit le roi, choisis dans nos magasins le cuir le plus souple, prends du drap d'or et d'argent, demande au gardien de mon trésor mille perles de la plus belle eau, et compose avec ce cuir, ces tissus et ces perles, une paire de souliers pour la jeune Abeille.

A ces mots, Truc se jeta aux pieds d'Abeille et il les mesura avec exactitude. Mais elle dit :

— Petit roi Loc, il faut me donner tout de suite les beaux souliers que tu m'as promis, et, quand je les aurai, je retournerai aux Clarides vers ma mère.

— Vous aurez vos souliers, Abeille, répondit le roi Loc, vous les aurez pour vous promener dans la montagne et non pour retourner aux Clarides, car vous ne sortirez point de ce royaume où vous apprendrez de beaux secrets qu'on n'a point devinés sur la terre. Les Nains sont supérieurs aux hommes, et c'est pour votre bonheur que vous avez été recueillie par eux.

— C'est pour mon malheur, répondit Abeille. Petit roi Loc, donne-moi des sabots comme ceux des paysans et laisse-moi retourner aux Clarides.

Mais le roi Loc fit un signe de tête pour exprimer que cela n'était pas possible. Alors Abeille joignit les mains et prit une voix caressante :

— Petit roi Loc, laisse-moi partir et je t'aimerai bien.

— Vous m'oublierez, Abeille, sur la terre lumineuse.

— Petit roi Loc, je ne vous oublierai pas et je vous aimerai autant que Souffle-des-Airs.

— Et qui est Souffle-des-Airs ?

— C'est mon cheval isabelle ; il a des rênes roses et il mange dans ma main. Quand il était petit, l'écuyer Francœur me l'amenait le matin dans ma chambre et je l'embrassais. Mais maintenant Francœur est à Rome et Souffle-des-Airs est trop vieux pour monter les escaliers.

Le roi Loc sourit :

— Abeille, voulez-vous m'aimer mieux encore que Souffle-des-Airs ?

— Je veux bien.

— A la bonne heure.

— Je veux bien, mais je ne peux pas ; je vous hais, petit roi Loc, parce que vous m'empêchez de revoir ma mère et Georges.

— Qui est Georges ?

— C'est Georges et je l'aime.

L'amitié du roi Loc pour Abeille s'était beaucoup accrue en peu d'instants, et, comme il avait déjà l'espérance de l'épouser quand elle serait en âge et de réconcilier par elle les hommes avec les Nains, il craignit que Georges ne devînt plus tard son rival et ne renversât ses projets. C'est pourquoi il fronça les sourcils et s'éloigna en baissant la tête comme un homme soucieux.

Abeille, voyant qu'elle l'avait fâché, le tira doucement par un pan de son manteau.

— Petit roi Loc, lui dit-elle d'une voix triste et tendre, pourquoi nous rendons-nous malheureux l'un l'autre ?

— Abeille, c'est la faute des choses, répondit le roi Loc ; je ne puis vous ramener à votre mère, mais je lui enverrai un songe qui l'instruira de votre sort, chère Abeille, et qui la consolera.

— Petit roi Loc, répondit Abeille en souriant dans ses larmes, tu as une bonne idée, mais je vais te dire ce qu'il faudra faire. Il faudra envoyer, chaque nuit, à ma mère un songe dans lequel elle me verra, et m'envoyer à moi, chaque nuit, un songe dans lequel je verrai ma mère.

Le roi Loc promit de le faire. Et ce qui fut dit fut fait. Chaque nuit, Abeille vit sa mère, et chaque nuit la duchesse vit sa fille. Cela contentait un peu leur amour.

CHAPITRE XI

OU LES CURIOSITÉS DU ROYAUME DES NAINS

SONT PARFAITEMENT DÉCRITES, AINSI QUE LES POUPÉES

QUI FURENT DONNÉES A ABEILLE

Le royaume des Nains était profond et s'étendait sous une grande partie de la terre. Bien qu'on n'y vît le ciel que çà et là, à travers quelques fentes du rocher, les places, les avenues, les palais et les salles de cette région souterraine n'étaient pas plongés dans d'épaisses ténèbres. Quelques chambres et plusieurs cavernes restaient seules dans l'obscurité. Le reste était éclairé, non par des lampes ou des torches, mais par des astres et des météores qui répandaient une clarté étrange et fantastique, et cette clarté luisait sur d'étonnantes merveilles. Des édifices immenses avaient été taillés dans le roc et l'on voyait par endroits des palais découpés dans le granit à de telles hauteurs que leurs dentelles de pierre se perdaient sous les voûtes de l'immense caverne dans une brume traversée par la lueur orangée de petits astres moins lumineux que la lune.

Il y avait dans ces royaumes des forteresses d'une masse écrasante, des amphithéâtres dont les gradins de pierre formaient un demi-cercle que le regard ne pouvait embrasser dans son étendue, et de vastes puits aux parois scupltées dans lesquels on descendait toujours sans jamais trouver le fond. Toutes ces constructions, peu appropriées en apparence à la taille des habitants, convenaient parfaitement à leur génie curieux et fantasque.

Les Nains, couverts de capuchons où des feuilles de fougère étaient piquées, circulaient autour des édifices avec une agilité spirituelle. Il n'était pas rare d'en voir qui sautaient de la hauteur de deux ou trois étages sur la chaussée de lave et y rebondissaient comme des balles. Leur visage gardait pendant ce temps cette gravité auguste que la statuaire donne à la figure des grands hommes de l'antiquité.

Aucun n'était oisif et tous s'empressaient à leur travail. Des quartiers entiers retentissaient du bruit des marteaux ; les voix déchirantes des machines se brisaient contre les voûtes des cavernes, et c'était un curieux spectacle que de voir la foule des mineurs, forgerons, batteurs d'or, joailliers, polisseurs de diamants, manier avec la dextérité des singes le pic, le marteau, la pince et la lime. Mais il était une région plus tranquille.

Là, des figures grossières, mais puissantes, des piliers informes sortaient confusément de la roche brute et semblaient dater d'une antiquité vénérable. Là, un palais aux portes basses étendait ses formes trapues : c'était le palais du roi Loc. Tout contre était la maison d'Abeille, maison ou plutôt maisonnette ne contenant qu'une seule chambre, laquelle était tapissée de mousseline blanche. Des meubles en sapin sentaient bon dans cette chambre. Une déchirure de la roche y laissait passer la lumière du ciel et, par les belles nuits, on y voyait des étoiles.

Abeille n'avait point de serviteurs attitrés, mais tout le peuple des Nains s'empressait à l'envi de pourvoir à ses besoins et de prévenir tous ses désirs, hors celui de remonter sur la terre.

Les plus savants nains, qui possédaient de grands secrets, se plaisaient à l'instruire, non pas avec des livres, car les Nains n'écrivent pas, mais en lui montrant toutes les plantes des monts et des plaines, les espèces diverses d'animaux et les pierres variées qu'on extrait du sein de la terre. Et c'est par des exemples et des spectacles qu'ils lui enseignaient avec une gaieté innocente les curiosités de la nature et les procédés des arts.

Ils lui faisaient des jouets tels que les enfants des riches de la terre n'en eurent jamais ; car ces Nains étaient industrieux et inventaient d'admirables machines. C'est ainsi qu'ils construisirent pour elle des poupées sachant se mouvoir avec grâce et s'exprimer selon les règles de la poésie. Quand on les assemblait sur un petit théâtre dont la scène représentait le rivage des mers, le ciel bleu, des palais et des temples, elles figuraient les actions les plus intéressantes. Bien qu'elles ne fussent pas plus hautes que le bras, elles ressemblaient exactement les unes à des vieillards respectables, les autres à des hommes dans la force de l'âge ou à de belles jeunes filles vêtues de blanches tuniques. Il y avait aussi parmi elles des mères pressant contre leur sein des petits enfants qui ne savaient point parler. Et ces poupées éloquentes s'exprimaient et agissaient sur la scène comme si elles étaient agitées par la haine, l'amour ou l'ambition. Elles passaient habilement de la joie à la douleur et elles imitaient si bien la nature qu'elles excitaient le sourire ou tiraient les larmes. Abeille battait des mains à ce spectacle. Les poupées qui aspiraient à la tyrannie lui faisaient horreur. Elle se sentait, au contraire, des trésors de pitié pour la poupée jadis princesse, maintenant veuve et captive, et ceinte de cyprès, qui n'a d'autre ressource pour sauver la vie de son enfant que d'épouser, hélas ! le barbare qui la fit veuve.

Abeille ne se lassait point de ce jeu que les poupées variaient à l'infini. Les Nains lui donnaient aussi des concerts et lui enseignaient à jouer du luth, de la viole d'amour, du téorbe, de la lyre et de divers autres instruments. En sorte qu'elle devenait bonne musicienne et que les actions représentées sur le théâtre par les poupées lui donnaient l'expérience des hommes et de la vie. Le roi Loc assistait aux représentations et aux concerts, mais il ne voyait et n'entendait qu'Abeille, en qui il mettait peu à peu toute son âme.

Cependant les jours et les mois s'écoulaient, les années accomplissaient leur tour et Abeille restait parmi les Nains, sans cesse divertie et toujours pleine du regret de la terre. Elle devenait une belle jeune fille. Son étrange destinée donnait quelque chose d'étrange à sa physionomie, qui n'en était que plus agréable.

CHAPITRE XII

DANS LEQUEL LE TRÉSOR DU ROI LOC EST DÉCRIT AUSSI BIEN QUE POSSIBLE

Il y avait six ans jour pour jour qu'Abeille était chez les Nains. Le roi Loc l'appela dans son palais et il donna devant elle l'ordre à son trésorier de déplacer une grosse pierre qui semblait scellée dans la muraille, mais qui, en réalité n'y était que posée. Ils passèrent tous trois par l'ouverture que laissa la grosse pierre et se trouvèrent dans une fissure du roc où deux personnes ne pouvaient se tenir de front. Le roi Loc s'avança le premier dans ce chemin obscur et Abeille le suivit en tenant un pan du manteau royal. Ils marchèrent longtemps. Par intervalles, les parois du rocher se rapprochaient tellement que la jeune fille craignait d'y être prise, sans pouvoir ni avancer ni reculer, et de mourir là. Et le manteau du roi Loc fuyait sans cesse devant elle par l'étroit et noir sentier. Enfin le roi Loc rencontra une porte de bronze qu'il ouvrit et une grande clarté se fit :

— Petit roi Loc, s'écria Abeille, je ne savais pas encore que la lumière fût une si belle chose.

Mais le roi Loc, la prenant par la main, l'introduisit dans la salle d'où venait la lumière et lui dit :

— Regarde.

Abeille, éblouie, ne vit rien d'abord, car cette salle immense, portée sur de hautes colonnes de marbre, était, du sol au faîte, tout éclatante d'or.

Au fond, sur une estrade formée de gemmes étincelantes serties dans l'or et l'argent, et dont les degrés étaient couverts d'un tapis merveilleusement brodé, s'élevait un trône d'ivoire et d'or avec un dais composé d'émaux translucides aux côtés duquel deux palmiers, âgés de trois mille ans, s'élançaient hors de deux vases ciselés autrefois par le meilleur artiste des Nains. Le roi Loc monta sur ce trône et fit tenir la jeune fille debout à sa droite.

— Abeille, lui dit-il, ceci est mon trésor; choisissez-y tout ce qu'il vous plaira.

En écoutant ces paroles, Abeille faisait avec ses mains une ombre sur ses yeux pour contempler, sans être aveuglée, le trésor du roi des Nains.

Pendus aux colonnes, d'immenses boucliers d'or recevaient les rayons du soleil et les renvoyaient en gerbes étincelantes; des épées, des lances s'entre-croisaient, ayant une flamme à leur pointe. Des tables qui régnaient autour des murailles étaient chargées de hanaps, de buires, d'aiguières, de calices, de ciboires, de patènes, de gobelets et de vidrecomes d'or, de cornes à boire en ivoire avec des anneaux d'argent, de bouteilles énormes en cristal de roche, de plats d'or et d'argent ciselé, de coffrets, de reliquaires en forme d'église, de cassolettes, de miroirs, de candélabres et de torchères aussi admirables par le travail que par la matière, et de brûle-parfums représentant des monstres. Et l'on distinguait sur une des tables un jeu d'échecs en pierre de lune.

— Choisissez, Abeille, répéta le roi Loc.

Mais, levant les yeux au-dessus de ces richesses, Abeille vit le ciel bleu par une ouverture du plafond, et, comme si elle avait compris que la lumière du ciel donnait seule à ces choses tout leur éclat, elle dit seulement :

— Petit roi Loc, je voudrais remonter sur la terre.

Alors le roi Loc fit un signe à son trésorier, qui, soulevant d'épaisses

draperies, découvrit un coffre énorme, tout armé de lames de fer et de ferrures découpées. Ce coffre étant ouvert, il en sortit des rayons de mille nuances diverses et charmantes; chacun de ces rayons jaillissait d'une pierre précieuse artistement taillée. Le roi Loc y trempa les mains et alors on vit rouler dans une confusion lumineuse l'améthyste violette et la pierre des vierges, l'émeraude aux trois figures : l'une d'un vert sombre, l'autre qu'on nomme miellée parce qu'elle est de la couleur du miel, la troisième d'un vert bleuâtre qu'on appelle béryl et qui donne de beaux rêves; la topaze orientale, le rubis, aussi beau que le sang des braves, le saphir d'un bleu sombre qu'on nomme saphir mâle et le saphir d'un bleu pâle qu'on nomme saphir femelle; le cymophane, l'hyacinthe, l'euclase, la turquoise, l'opale dont les lueurs sont plus douces que l'aurore, l'aigue marine et le grenat syrien. Toutes ces pierres étaient de l'eau la plus limpide et du plus lumineux orient. Et de gros diamants jetaient, au milieu de ces feux colorés, d'éblouissantes étincelles blanches.

— Abeille, choisissez, dit le roi Loc.

Mais Abeille secoua la tête et dit :

— Petit roi Loc, à toutes ces pierres je préfère un seul des rayons de soleil qui se brisent sur le toit d'ardoise du château des Clarides.

Alors le roi Loc fit ouvrir un second coffre qui ne contenait que des perles. Mais ces perles étaient rondes et pures; leurs reflets changeants prenaient toutes les teintes du ciel et de la mer, et leur éclat était si doux qu'il semblait exprimer une pensée d'amour.

— Prenez, dit le roi Loc.

Mais Abeille lui répondit :

— Petit roi Loc, ces perles me rappellent le regard de Georges de Blanchelande ; j'aime ces perles, mais j'aime mieux les yeux de Georges.

En entendant ces mots, le roi Loc détourna la tête. Pourtant il ouvrit un troisième coffre et montra à la jeune fille un cristal dans lequel une goutte d'eau était prisonnière depuis les premiers temps du monde ; et, quand on agitait le cristal, on voyait cette goutte d'eau remuer. Il lui montra aussi des morceaux d'ambre jaune dans lesquels des insectes plus brillants que des pierreries étaient pris depuis des milliards d'années. On distinguait leurs pattes délicates et leurs fines antennes, et ils se seraient remis à voler si quelque puissance avait fait fondre comme de la glace leur prison parfumée.

— Ce sont là de grandes curiosités naturelles; je vous les donne, Abeille.

Mais Abeille répondit :

— Petit roi Loc, gardez l'ambre et le cristal, car je ne saurais rendre la liberté ni à la mouche ni à la goutte d'eau.

Le roi Loc l'observa quelque temps et dit :

— Abeille, les plus beaux trésors seront bien placés entre vos mains. Vous les posséderez et ils ne vous posséderont pas. L'avare est la proie de son or; ceux-là seuls qui méprisent la richesse peuvent être riches sans danger : leur âme sera toujours plus grande que leur fortune.

Ayant parlé ainsi, il fit un signe à son trésorier, qui présenta sur un coussin une couronne d'or à la jeune fille.

— Recevez ce joyau comme un signe de l'estime que nous faisons de vous, Abeille, dit le roi Loc. On vous nommera désormais la princesse des Nains.

Et il mit lui-même la couronne sur le front d'Abeille.

CHAPITRE XIII

DANS LEQUEL LE ROI LOC SE DÉCLARE

Les Nains célébrèrent par des fêtes joyeuses le couronnement de leur première princesse. Des jeux pleins d'innocence se succédèrent sans ordre dans l'immense amphithéâtre ; et les petits hommes, ayant un brin de fougère ou deux feuilles de chêne coquettement attachés à leur capuchon, faisaient des bonds joyeux à travers les rues souterraines. Les réjouissances durèrent trente jours. Pic gardait dans l'ivresse l'apparence d'un mortel inspiré ; le vertueux Tad s'enivrait du bonheur public ; le tendre Dig se donnait le plaisir de répandre des larmes ; Rug, dans sa joie, demandait de nouveau qu'Abeille fût mise en cage, afin que les Nains n'eussent point à craindre de perdre une princesse si charmante ; Bob, monté sur son corbeau, emplissait l'air de cris si joyeux que l'oiseau noir, pris lui-même de gaieté, faisait entendre de petits croassements folâtres.

Seul, le roi Loc était triste.

Or le trentième jour, ayant offert à la princesse et à tout le peuple des Nains un festin magnifique, il monta tout debout sur son fauteuil et, sa bonne figure étant ainsi haussée jusqu'à l'oreille d'Abeille :

— Ma princesse Abeille, lui dit-il, je vais vous faire une demande que vous pourrez accueillir ou repousser en toute liberté. Abeille des Clarides, princesse des Nains, voulez-vous être ma femme ?

Et, ce disant, le roi Loc, grave et tendre, avait la beauté pleine de douceur d'un caniche auguste. Abeille lui répondit en lui tirant la barbe :

— Petit roi Loc, je veux bien être ta femme pour rire ; mais je ne serai jamais ta femme pour de bon. Au moment où tu me demandes en mariage, tu me rappelles Francœur qui, sur la terre, me contait, pour m'amuser, les choses les plus extravagantes.

A ces mots, le roi Loc tourna la tête, mais non pas assez vite pour qu'Abeille ne vît pas une larme arrêtée dans les cils du nain. Alors Abeille eut regret de lui avoir fait de la peine.

— Petit roi Loc, lui dit-elle, je t'aime comme un petit roi Loc que tu es ; et si tu me fais rire comme faisait Francœur, il n'y a rien là pour te déplaire, car Francœur chantait bien, et il aurait été beau sans ses cheveux gris et son nez rouge.

Le roi Loc lui répondit :

— Abeille des Clarides, princesse des Nains, je vous aime dans l'espoir que vous m'aimerez un jour. Mais je n'aurais pas cet espoir que je vous aimerais tout autant. Je ne vous demande, en retour de mon amitié, que d'être toujours sincère avec moi.

— Petit roi Loc, je te le promets.

— Eh bien! Abeille, dites-moi si vous aimez quelqu'un jusqu'à l'épouser.

— Petit roi Loc, je n'aime personne jusque-là.

Alors le roi Loc sourit et, saisissant sa coupe d'or, il porta d'une voix retentissante la santé de la princesse des Nains. Et une rumeur immense s'éleva de toutes les profondeurs de la terre, car la table du festin allait d'un bout à l'autre de l'empire des Nains.

CHAPITRE XIV

OU IL EST DIT COMMENT ABEILLE REVIT SA MÈRE ET NE PUT L'EMBRASSER

Abeille, le front ceint d'une couronne, était plus songeuse encore et plus triste que quand ses cheveux coulaient en liberté sur ses épaules et qu'aux jours où elle allait en riant dans la forge des Nains tirer la barbe à ses bons amis Pic, Tad et Dig, dont la face, colorée du reflet des flammes, prenait à sa bienvenue un air de gaieté. Les bons Nains, qui naguère la faisaient danser sur leurs genoux en la nommant leur Abeille, s'inclinaient maintenant sur son passage et gardaient un silence respectueux. Elle regrettait de n'être plus une enfant, et elle souffrait d'être la princesse des Nains.

Elle n'avait plus de plaisir à voir le roi Loc depuis qu'elle l'avait vu pleurer à cause d'elle. Mais elle l'aimait parce qu'il était bon et qu'il était malheureux.

Un jour (si l'on peut dire qu'il y a des jours dans l'empire des Nains), elle prit le roi Loc par la main et l'attira sous cette fissure du roc qui laissait passer un rayon du soleil dans lequel dansait une poussière dorée.

— Petit roi Loc, lui dit-elle, je souffre. Vous êtes roi, vous m'aimez et je souffre.

En entendant ces paroles de la jolie demoiselle, le roi Loc répondit:

— Je vous aime, Abeille des Clarides, princesse des Nains ; et c'est pourquoi je vous ai gardée dans ce monde, afin de vous enseigner nos secrets, qui sont plus grands et plus curieux que tout ce que vous pouviez apprendre sur la terre parmi les hommes, car les hommes sont moins habiles et moins savants que les Nains.

— Oui, dit Abeille, mais ils sont plus semblables à moi que les Nains ; c'est pourquoi je les aime mieux. Petit roi Loc, laissez-moi revoir ma mère, si vous ne voulez pas que je meure.

Le roi Loc s'éloigna sans répondre.

Abeille, seule et désolée, contemplait le rayon de cette lumière dont la face de la terre est toute baignée et qui revêt de ses ondes resplendissantes tous les hommes vivants et jusqu'aux mendiants qui vont par les routes. Lentement ce rayon pâlit et changea sa clarté dorée en une lueur d'un bleu pâle. La nuit était venue sur la terre. Une étoile, à travers la fissure du rocher, scintilla.

Alors quelqu'un lui toucha doucement l'épaule et elle vit le roi Loc enveloppé d'un manteau noir. Il avait sur son bras un autre manteau dont il couvrit la jeune fille.

— Venez, lui dit-il.

Et il la conduisit hors du souterrain. Quand elle revit les arbres agités par le vent, les nuages qui passaient sur la lune et toute la grande nuit fraîche et bleue, quand elle sentit l'odeur des herbes, quand l'air qu'elle avait respiré dans son enfance lui rentra à flots dans la poitrine, elle poussa un grand soupir et crut mourir de joie.

Le roi Loc l'avait prise dans ses bras ; tout petit qu'il était, il la portait aussi facilement qu'une plume et ils glissaient tous deux sur le sol comme l'ombre de deux oiseaux.

— Abeille, vous allez revoir votre mère. Mais écoutez-moi. Toutes les nuits, vous le savez, j'envoie votre image à votre mère. Toutes les nuits, elle voit votre cher fantôme ; elle lui sourit, elle lui parle, elle l'embrasse. Je vous montrerai, cette nuit, à elle, vous-même, au lieu de votre simulacre. Vous la verrez; mais ne la touchez pas, ne lui parlez pas, car alors le charme serait rompu et elle ne reverrait plus jamais ni vous ni votre image, qu'elle ne distingue pas de vous-même.

— Je serai donc prudente, hélas! petit roi Loc... Le voilà! le voilà!

En effet, le donjon des Clarides s'élevait tout noir sur le mont. Abeille eut à peine le temps d'envoyer un baiser aux vieilles pierres bien-aimées et déjà elle voyait fuir à son côté les remparts fleuris de giroflée de la ville des Clarides; déjà elle montait par une rampe où des vers luisants brillaient dans l'herbe jusqu'à la poterne, que le roi Loc ouvrit aisément, car les Nains, dompteurs des métaux, ne sont point arrêtés par les serrures, les cadenas, les verrous, les chaînes et les grilles.

Elle monta l'escalier tournant qui menait à la chambre de sa mère et elle s'arrêta pour contenir à deux mains son cœur qui battait. La porte s'ouvrit doucement, et, à la lueur d'une veilleuse suspendue au plafond de la chambre, Abeille vit, dans le silence religieux qui régnait, sa mère, sa mère amaigrie et pâlie, ayant aux tempes des cheveux gris, mais plus belle ainsi pour sa fille qu'aux jours passés des magnifiques parures et des hardies chevauchées. Comme alors cette mère voyait sa fille en rêve, elle ouvrit les bras pour l'embrasser. Et l'enfant, riant et sanglotant, voulut se jeter dans ses bras ouverts; mais le roi Loc l'arracha à cet embrassement et l'emporta comme une paille par les campagnes bleues, dans le royaume des Nains.

CHAPITRE XV

DANS LEQUEL ON VERRA LA GRANDE PEINE QU'EUT LE ROI LOC

Abeille, assise sur les degrés de granit du palais souterrain regardait encore le ciel bleu à travers la fissure du rocher. Là, des sureaux tournaient vers la lumière leurs ombelles blanches. Abeille se mit à pleurer. Le roi Loc lui prit la main et lui dit :

— Abeille, pourquoi pleurez-vous et que désirez-vous ?

Et, comme elle était triste depuis plusieurs jours, les nains assis à ses pieds lui jouaient des airs naïfs sur la flûte, le flageolet, le rebec et les timbales. D'autres nains faisaient, pour lui plaire, des culbutes telles, qu'ils piquaient l'un après l'autre dans l'herbe la pointe de leur capuchon orné d'une cocarde de feuillage, et rien n'était plaisant à voir comme les jeux de ces petits hommes à barbes d'ermite. Le vertueux Tad, le sensible Dig, qui l'aimaient depuis le jour où ils l'avaient vue endormie au bord du lac, et Pic, le vieux poète, la prenaient doucement par le bras et la suppliaient de lui confier le secret de son chagrin. Pau, dont l'esprit était simple, mais juste, lui présentait des raisins dans une corbeille; et tous, la tirant par le bord de sa jupe, répétaient avec le roi Loc :

— Abeille, princesse des Nains, pourquoi pleurez-vous ?

Abeille répondit :

— Petit roi Loc et vous tous, petits hommes, mon chagrin augmente votre amitié, parce que vous êtes bons ; vous pleurez quand je pleure. Sachez que je pleure en songeant à Georges de Blanchelande, qui doit être aujourd'hui un brave chevalier et que je ne reverrai pas. Je l'aime et je voudrais être sa femme.

Le roi Loc retira sa main de la main qu'il pressait et dit :

— Abeille, pourquoi m'avez-vous trompé en me disant, à la table du festin, que vous n'aviez d'amour pour personne ?

Abeille répondit :

— Petit roi Loc, je ne t'ai pas trompé à la table du festin. Je ne désirais pas alors épouser Georges de Blanchelande, et c'est aujourd'hui mon envie la plus chère qu'il me demande en mariage. Mais il ne me demandera pas, puisque je ne sais où il est et qu'il ne sait où me trouver. Et c'est pourquoi je pleure.

A ces mots, les musiciens s'arrêtèrent de jouer de leurs instruments ; les sauteurs interrompirent leurs sauts et restèrent immobiles sur la tête ou sur le derrière ; Tad et Dig répandirent des pleurs silencieux sur la manche d'Abeille ; le simple Pau laissa tomber la corbeille avec les grappes de raisins, et tous les petits hommes poussèrent des gémissements affreux.

Mais le roi des Nains, plus désolé qu'eux tous sous sa couronne aux fleurons étincelants, s'éloigna sans rien dire en laissant traîner derrière lui son manteau comme un torrent de pourpre.

CHAPITRE XVI

OU L'ON RAPPORTE LES PAROLES DU SAVANT NUR QUI CAUSÈRENT UNE JOIE EXTRAORDINAIRE AU PETIT ROI LOC

Le roi Loc n'avait pas laissé voir sa faiblesse à la jeune fille ; mais, quand il fut seul, il s'assit à terre et, se tenant les pieds dans les mains, il s'abandonna à sa douleur.

Il était jaloux et il se disait :

— Elle aime, et ce n'est pas moi qu'elle aime ! Pourtant je suis roi et je suis plein de science ; j'ai des trésors, je sais des secrets merveilleux ;

je suis meilleur que tous les autres Nains, qui valent mieux que les hommes. Elle ne m'aime pas et elle aime un jeune homme qui n'a point la science des Nains et qui n'en a peut-être aucune. Certes, elle n'estime point le mérite et n'est guère sensée. Je devrais rire de son peu de jugement ; mais je l'aime, et je n'ai de goût à rien au monde parce qu'elle ne m'aime pas.

Pendant de longs jours le roi Loc erra seul dans les gorges les plus sauvages de la montagne, roulant dans son esprit des pensées tristes et parfois mauvaises. Il songeait à réduire par la captivité et la faim Abeille à devenir sa femme. Mais chassant cette idée presque aussitôt après l'avoir formée, il se proposait d'aller trouver la jeune fille et de se jeter à ses pieds. Il ne s'arrêtait pas non plus à cette résolution et il ne savait que faire. C'est qu'en effet, il ne dépendait pas de lui qu'Abeille vînt à l'aimer. Sa colère se tournait tout à coup contre Georges de Blanchelande ; il souhaitait que ce jeune homme fût emporté bien loin par quelque enchanteur, ou du moins, s'il devait jamais connaître l'amour d'Abeille, qu'il le méprisât.

Et le roi Loc songeait :

— Sans être vieux, j'ai vécu déjà trop longtemps pour n'avoir pas quelquefois souffert. Mais mes souffrances, si profondes qu'elles fussent, étaient moins âpres que celles que j'éprouve aujourd'hui. La tendresse ou la pitié qui les causaient y mêlaient quelque chose de leur céleste douceur. Au contraire, je sens qu'à cette heure mon chagrin a la noirceur et l'âcreté d'un mauvais désir. Mon âme est aride, et mes yeux nagent dans leurs pleurs comme dans un acide qui les brûle.

Ainsi songeait le roi Loc. Et, craignant que la jalousie le rendît injuste et méchant, il évitait de rencontrer la jeune fille, de peur de lui tenir, sans le vouloir, le langage d'un homme faible ou violent.

Un jour qu'il était plus tourmenté qu'à l'ordinaire par la pensée qu'Abeille aimait Georges, il prit la résolution de consulter Nur, qui était le plus savant des Nains et habitait au fond d'un puits creusé dans les entrailles de la terre.

Ce puits avait l'avantage d'une température égale et douce. Il n'était point obscur, car deux petits astres, un soleil pâle et une lune rouge, en éclairaient alternativement toutes les parties. Le roi Loc descendit dans ce puits et trouva Nur dans son laboratoire. Nur avait le visage d'un bon vieux petit homme et portait un brin de serpolet sur son capuchon. Malgré sa science, il partageait l'innocence et la candeur de sa race.

— Nur, lui dit le roi en l'embrassant, je viens te consulter parce que tu sais beaucoup de choses.

— Roi Loc, répondit Nur, je pourrais savoir beaucoup de choses et n'être qu'un imbécile. Mais je connais le moyen d'apprendre quelques-unes des innombrables choses que j'ignore, et c'est pourquoi je suis justement renommé comme un savant.

— Eh bien, reprit le roi Loc, sais-tu où est présentement un jeune garçon nommé Georges de Blanchelande?

— Je ne le sais point et n'eus jamais la curiosité de l'apprendre, répondit Nur. Sachant combien les hommes sont ignorants, sots et méchants, je me soucie peu de ce qu'ils pensent et de ce qu'ils font. A cela près que, pour donner du prix à la vie de cette race orgueilleuse et misérable, les hommes ont le courage, les femmes la beauté et les petits enfants l'innocence, ô roi Loc, l'humanité tout entière est déplorable ou ridicule. Soumis comme les Nains, à la nécessité de travailler pour vivre, les hommes se sont révoltés contre cette loi divine, et, loin d'être comme nous des ouvriers pleins d'allégresse, ils préfèrent la guerre au travail et ils aiment mieux s'entretuer que s'entr'aider. Mais il faut reconnaître, pour être juste, que la brièveté de leur vie est la cause principale de leur ignorance et de leur férocité. Ils vivent trop peu pour apprendre à vivre. La race des Nains qui vivent sous la terre est plus heureuse et meilleure. Si nous ne sommes point immortels, du moins chacun de nous durera aussi longtemps que la terre qui nous porte dans son sein et nous pénètre de sa chaleur intime et féconde, tandis qu'elle n'a pour les races qui naissent sur sa rude écorce qu'une haleine, tantôt brûlante, tantôt glacée, soufflant la mort en même temps que la vie. Les hommes toutefois doivent à l'excès même de leur misère et de leur méchanceté une vertu qui rend l'âme de quelques-uns d'entre eux plus belle que l'âme des Nains. Cette vertu, dont la splendeur est pour la pensée ce qu'est pour l'œil le doux éclat des perles, ô roi Loc, c'est la pitié. La souffrance l'enseigne et les Nains la connaissent mal, parce que, plus sages que les hommes, ils ont moins de peines. Aussi les Nains sortent-ils parfois de leurs grottes profondes et vont-ils sur l'écorce inclémente de la terre se mêler aux hommes, afin de les aimer, de souffrir avec eux et par eux, et de goûter ainsi la pitié, qui rafraîchit les âmes comme une céleste rosée. Telle est la vérité sur les hommes, ô roi Loc ; mais ne m'as-tu point demandé la destinée particulière de quelqu'un d'entre eux?

Le roi Loc ayant répété sa question, le vieux Nur regarda dans une des lunettes qui emplissaient la chambre. Car les Nains n'ont point de livres ; ceux qu'on trouve chez eux viennent des hommes et servent de jouets. Pour s'instruire, ils ne consultent pas, comme nous, des signes sur le papier ; mais ils regardent dans des lunettes et y voient l'objet même de leur curiosité. La difficulté est seulement de choisir la lunette convenable et de la bien diriger.

Il en est de cristal, il en est de topaze et d'opale ; mais celles dont la lentille est un gros diamant poli ont plus de puissance et servent à voir des choses très éloignées.

Les Nains ont aussi des lentilles d'une substance diaphane, inconnue aux hommes. Celles-là permettent au regard de traverser comme du verre les murailles et les rochers. D'autres, plus admirables encore, reproduisent aussi fidèlement qu'un miroir tout ce que le temps emporta dans sa fuite, car les Nains savent rappeler, du sein infini de l'éther jusque dans leurs cavernes, la lumière des anciens jours avec les formes et les couleurs des temps révolus. Ils se donnent le spectacle du passé en ressaisissant les gerbes lumineuses qui, s'étant un jour brisées contre des formes d'hommes, d'animaux, de plantes ou de rochers, rejaillissent à travers les siècles dans l'insondable éther.

Le vieux Nur excellait à découvrir les figures de l'antiquité et celles même, impossibles à concevoir, qui vécurent avant que la terre eût revêtu la figure que nous lui connaissons. Aussi ne fut-ce qu'un amusement pour lui de trouver Georges de Blanchelande.

Ayant regardé pendant moins d'une minute dans une lunette tout à fait simple, il dit au roi Loc :

— Roi Loc, celui que tu cherches est prisonnier des Ondines, dans le manoir de cristal dont les murs irisés confinent à ton royaume.

— Il y est ? Qu'il y reste ! s'écria le roi Loc en se frottant les mains. Je lui souhaite bien du plaisir.

Et, ayant embrassé le vieux Nur, il sortit du puits en éclatant de rire.

Tout le long de son chemin, il se tint le ventre pour rire à son aise ; son chef en branlait ; sa barbe allait et venait sur son estomac. — Ha ! ha ! ha ! ha ! ha ! ha ! ha ! — Les petits hommes qui le rencontraient se mettaient à rire comme lui, par sympathie. En les voyant rire, les autres riaient aussi ; ce rire gagna de proche en proche, en sorte que tout l'intérieur de la terre fut secoué par un hoquet extrêmement jovial. Ha ! ha ! ha ! ha ! ha ! ha ! ha ! ha ! ha ! ha ! ha! ha ! ha ! ha ! ha! ha !

CHAPITRE XVII

OU L'ON RACONTE LA MERVEILLEUSE AVENTURE DE GEORGES DE BLANCHELANDE

Le roi Loc ne rit pas longtemps ; au contraire, il cacha sous les draps de son lit le visage d'un petit homme tout à fait malheureux. Songeant à Georges de Blanchelande, captif des Ondines, il ne put dormir de la nuit. Aussi, dès l'heure où les Nains qui ont une servante de ferme pour amie vont traire les vaches à sa place tandis qu'elle dort, les poings fermés, dans son lit blanc, le petit roi Loc alla retrouver le savant Nur dans son puits profond.

— Nur, lui dit-il, tu ne m'as pas dit ce qu'il faisait chez les Ondines.

Le vieux Nur crut que le roi Loc avait perdu la raison et il n'en fut pas beaucoup effrayé, parce qu'il était certain que le roi Loc, s'il devenait fou, ne manquerait pas de faire un fou gracieux, spirituel, aimable et bienveillant. La folie des Nains est douce comme leur raison et pleine d'une fantaisie délicieuse. Mais le roi Loc n'était pas fou ; du moins il ne l'était pas plus que ne le sont d'ordinaire les amoureux.

— Je veux parler de Georges de Blanchelande, dit-il au vieillard, qui avait oublié ce jeune homme aussi parfaitement que possible.

Alors le savant Nur disposa dans un ordre exact, mais si compliqué qu'il avait l'apparence du désordre, des lentilles et des miroirs, et fit voir dans une glace au roi Loc la propre figure de Georges de Blanchelande, tel qu'il était quand les Ondines le ravirent. Par un bon choix et une habile direction des appareils, le nain montra à l'amoureux roi les images de toute l'aventure du fils de cette comtesse qu'une rose blanche avertit de sa fin. Et voici, exprimé par des paroles, ce que les deux petits hommes virent dans la réalité des formes et des couleurs :

Quand Georges fut emporté dans les bras glacés des filles du lac, il sentit l'eau lui presser les yeux et la poitrine et il crut mourir. Pourtant il entendait des chansons douces comme la voix d'une marraine et il était pénétré d'une fraîcheur délicieuse. Quand il rouvrit les yeux, il se vit dans une grotte dont les piliers de cristal reflétaient les nuances délicates de l'arc-en-ciel. Au fond de cette grotte, une grande coquille de nacre, irisée des teintes les plus douces, servait de dais au trône de corail et d'algues de la reine des Ondines. Mais le visage de la souveraine des eaux avait des lueurs plus tendres que la nacre et le cristal. Elle sourit à l'enfant que les femmes lui amenaient et reposa longtemps sur lui ses yeux verts.

— Ami, lui dit-elle enfin, sois le bienvenu dans notre monde où toute peine te sera épargné. Pour toi, ni lectures arides ni rudes exercices, rien de grossier qui rappelle la terre et ses travaux, mais seulement les chansons, les danses et l'amitié des Ondines.

En effet, les femmes aux cheveux verts enseignèrent à l'enfant la musique, la valse et mille amusements. Elles se plaisaient à nouer sur son front les pétoncles dont s'étoilaient leurs chevelures. Mais lui, songeant à sa patrie, se mordait les poings dans son impatience.

Les années se passaient et Georges souhaitait avec une constante ardeur de revoir la terre, la rude terre que le soleil brûle, que la neige durcit, la terre natale où l'on souffre, où l'on aime, la terre où il avait vu, où il voulait revoir Abeille. Cependant il devenait un grand garçon et un fin duvet lui dorait la lèvre. Le courage lui venant avec la barbe, il se présenta un jour devant la reine des Ondines et lui dit :

— Madame, je viens, si vous le permettez, prendre congé de vous ; je retourne aux Clarides.

— Bel ami, répondit la reine en souriant, je ne puis vous accorder le congé que vous me demandez, car je vous garde en mon manoir de cristal pour faire de vous mon mari.

— Madame, reprit Georges, l'honneur serait grand pour moi ; mais souffrez que je le refuse.

— Pourquoi le refuser, bel ami ? demanda la reine avec un sourire méchant.

— Parce que j'aime Abeille des Clarides et que je ne veux d'autre femme qu'elle.

La reine, ayant entendu ce propos, était très pâle, mais belle encore.

— Une fille mortelle, une grossière fille des hommes, cette Abeille, comment pouvez-vous aimer cela ?

Je ne sais, répondit Georges, mais je sais que je l'aime.

— C'est bon, fit la reine. Cela vous passera.

Et elle retint le jeune homme dans les délices du manoir de cristal.

Il errait tristement le long des murs de l'immense palais, cherchant une issue pour fuir ; mais il voyait de toutes parts l'empire magnifique et muet des ondes fermer sa prison lumineuse. A travers les murs transparents il regardait s'épanouir les anémones de mer et le corail fleurir, tandis qu'au dessus des madrépores délicats et des étincelants coquillages, les poissons de pourpre, d'azur et d'or faisaient d'un coup de queue jaillir des étincelles. Ces merveilles ne le touchaient guère ; mais, bercé par les chants délicieux des Ondines, il sentait peu à peu sa volonté se rompre, ses désirs s'éteindre et toute son âme se détendre.

Il n'était plus que mollesse et qu'indifférence, quand il trouva par hasard dans une galerie du palais un vieux livre tout usé dans sa reliure de peau de truie, à grands clous de cuivre. Ce livre, recueilli d'un naufrage au milieu des mers, traitait de la chevalerie et des dames et on y trouvait contées tout au long les aventures des héros qui allèrent par le monde combattant les géants, redressant les torts, protégeant les veuves et recueillant les orphelins pour l'amour de la justice et l'honneur de la beauté. Georges rougissait et pâlissait tour à tour d'admiration, de honte et de colère, au récit de ces belles aventures. Il n'y put tenir :

— Moi aussi, s'écria-t-il, je serai un bon chevalier ; moi aussi j'irai par le monde punissant les méchants et secourant les malheureux pour le bien des hommes et au nom de ma dame Abeille.

Alors, le cœur gonflé d'audace, il s'élança, l'épée nue, à travers les demeures de cristal. Les femmes blanches fuyaient et s'évanouissaient devant lui comme les lames argentées d'un lac. Seule, leur reine le vit venir sans trouble ; elle attacha sur lui le regard froid de ses prunelles vertes.

Il court à elle, il lui crie :

— Romps le charme qui m'enveloppe. Ouvre-moi le chemin de la terre. Je veux combattre au soleil comme un chevalier. Je veux retourner où l'on aime, où l'on souffre, où l'on lutte. Rends-moi la vraie vie et la vraie lumière. Rends-moi la vertu ; sinon, je te tue, méchante femme !

Elle secoua, pour dire non, la tête en souriant. Elle était belle et tranquille. Georges la frappa de toutes ses forces ; mais son épée se brisa contre la poitrine étincelante de la reine des Ondines.

— Enfant ! dit-elle.

Et elle le fit enfermer dans un cachot qui formait au-dessous du manoir une sorte d'entonnoir de verre autour duquel les requins rôdaient en ouvrant leurs monstrueuses mâchoires armées d'une triple rangée de dents aiguës. Et il semblait qu'à chaque effort ils devaient briser la mince paroi de verre, en sorte qu'il n'était pas possible de dormir dans cet étrange cachot.

La pointe de cet entonnoir sous-marin reposait sur un fond rocheux qui servait de voûte à la caverne la plus lointaine et la moins explorée de l'empire des Nains.

Voilà ce que les deux petits hommes virent en une heure aussi exactement que s'ils avaient suivi Georges tous les jours de sa vie. Le vieux Nur, après avoir déployé la scène du cachot dans toute sa tristesse, parla au roi Loc à peu près comme parlent les Savoyards quand ils ont montré la lanterne magique aux petits enfants.

— Roi Loc, lui dit-il, je t'ai montré tout ce que tu voulais voir et, ta connaissance étant parfaite, je n'y puis rien ajouter. Je ne m'inquiète pas de savoir si ce que tu as vu t'a fait plaisir ; il me suffit que ce soit la vérité La science ne se soucie ni de plaire ni de déplaire. Elle est inhumaine. Ce n'est point elle, c'est la poésie qui charme et qui console. C'est pourquoi la poésie est plus nécessaire que la science. Roi Loc, va te faire chanter une chanson.

Le roi Loc sortit du puits sans prononcer une parole.

CHAPITRE XVIII

DANS LEQUEL LE ROI LOC ACCOMPLIT UN TERRIBLE VOYAGE

Au sortir du puits de la science, le roi Loc s'en alla à son trésor, prit un anneau dans un coffre dont il avait seul la clé, et se le mit au doigt. Le chaton de cet anneau jetait une vive lumière, car il était fait d'une pierre magique dont on connaîtra la vertu par la suite de ce récit. Le roi Loc se rendit ensuite dans son palais, où il revêtit un manteau de voyage, chaussa de fortes bottes et prit un bâton ; puis il se mit en route à travers les rues populeuses, les grands chemins, les villages, les galeries de porphyre, les nappes de pétrole et les grottes de cristal, qui communiquaient entre elles par d'étroites ouvertures.

Il semblait songeur et prononçait des paroles qui n'avaient pas de sens. Mais il marchait obstinément. Des montagnes lui barraient le chemin et il gravissait les montagnes ; des précipices s'ouvraient sous ses pieds et il descendait les précipices; il passait les gués; il traversait des régions affreuses qu'obscurcissaient des vapeurs de soufre. Il cheminait sur des laves brûlantes où ses pieds laissaient leur empreinte, il avait l'air d'un voyageur extrêmement têtu. Il s'engagea dans des cavernes sombres où l'eau de la mer, filtrant goutte à goutte, coulait comme des larmes le long des algues et formait sur le sol inégal des lagunes où d'innombrables crustacés croissaient monstrueusement. Des crabes énormes, des langoustes et des homards géants, des araignées de mer craquaient sous les pieds du nain, puis s'en allaient en abandonnant quelqu'une de leurs pattes et réveillaient dans leur fuite des limules hideux, des poulpes séculaires qui soudain agitaient leurs cent bras et crachaient de leur bec d'oiseau un poison fétide. Le roi Loc avançait pourtant. Il parvint jusqu'au fond de ces cavernes, dans un entassement de carapaces armées de pointes, de pinces à doubles scies, de pattes qui lui grimpaient jusqu'au cou, et d'yeux mornes dardés au bout de longues branches. Il gravit le flanc de la caverne en s'accrochant aux aspérités du roc, et les monstres cuirassés montaient avec lui, et il ne s'arrêta qu'après avoir reconnu au toucher une pierre qui faisait saillie au milieu de la voûte naturelle. Il toucha de son anneau magique cette pierre qui s'écroula tout à coup avec un horrible fracas, et aussitôt un flot de lumière répandit ses belles ondes dans la caverne et mit en fuite les bêtes nourries dans les ténèbres.

Le roi Loc, passant sa tête par l'ouverture d'où venait le jour, vit Georges de Blanchelande qui se lamentait dans sa prison de verre en songeant à Abeille et à la terre. Car le roi Loc avait accompli son voyage souterrain pour délivrer le captif des Ondines. Mais voyant cette grosse tête chevelue, sourcilleuse et barbue, le regarder du fond de l'entonnoir de verre, Georges crut qu'un grand danger le menaçait et il chercha à son côté son épée, ne songeant plus qu'il l'avait brisée sur la poitrine de la femme aux yeux verts. Cependant le roi Loc le considérait avec curiosité.

— Peuh ! se dit-il, c'est un blanc bec!

Georges, se voyant sans défense, dit :

— Que me veux-tu, grosse tête? Pourquoi me faire du mal, si je ne t'en ai jamais fait?

Le roi Loc répondit d'un ton à la fois jovial et bourru :

— Mon mignon, vous ne savez pas si vous m'avez fait du mal, car vous ignorez les effets et les causes, les actions réflexes et généralement toute la philosophie. Mais ne parlons point de cela. Ma cousine la reine des Ondines est une coquine à qui je veux jouer un bon tour. Si vous ne répugnez pas à sortir de votre entonnoir, venez par ici.

Georges se coula aussitôt dans la caverne, glissa le long de la paroi et, sitôt qu'il fut au bas :

— Vous êtes un brave petit homme, dit-il à son libérateur; je vous aimerai toute ma vie; mais savez-vous où est Abeille des Clarides?

— Je sais bien des choses, répondit le nain, et notamment que je n'aime pas les questionneurs.

Georges, en entendant ces paroles, resta tout confus, et il suivit en silence son guide dans l'air épais et noir où s'agitaient les poulpes et les crustacés. Alors le roi Loc lui dit en ricanant :

— La route n'est pas carrossable, beau prince!

— Monsieur, lui répondit Georges, le chemin de la liberté est toujours beau, et je ne crains pas de m'égarer en suivant mon bienfaiteur.

Le petit roi Loc se mordit les lèvres. Il remarqua la gracieuse fermeté avec laquelle le jeune chevalier surmontait les obstacles et bravait les périls de la route, et il en conclut que c'était un écervelé. Enfin, parvenu aux galeries de porphyre, il montra au jeune homme un escalier pratiqué dans le roc par les Nains pour monter sur la terre.

— Voici votre chemin, lui dit-il, adieu.

— Ne me dites pas adieu, répondit Georges; dites-moi que je vous reverrai. Ma vie est à vous après ce que vous avez fait pour moi.

Le roi Loc répondit :

— Ce que j'ai fait de vous n'était pas pour vous, mais pour une autre. Il vaut mieux ne pas nous revoir, car nous ne pourrions pas nous aimer.

Georges reprit avec un air simple et grave :

— Je n'avais pas cru que ma délivrance me causerait une peine. Et pourtant cela est. Adieu, monsieur.

— Bon voyage! cria le roi Loc d'une voix rude.

Or l'escalier des Nains aboutissait à une carrière abandonnée qui était située à moins d'une lieue du château des Clarides.

Le roi Loc poursuivit son chemin en murmurant:

— Ce jeune garçon n'a ni la science ni la richesse des Nains. Je ne sais vraiment pas pourquoi il est aimé d'Abeille, à moins que ce ne soit parce qu'il est jeune, beau, fidèle et brave.

Il rentra dans la ville en riant dans sa barbe, comme un homme qui a joué un bon tour à quelqu'un. En passant devant la maison d'Abeille, il coula sa grosse tête par la fenêtre, comme il avait fait dans l'entonnoir de verre, et il vit la jeune fille qui brodait des fleurs d'argent sur un voile.

— Soyez en joie, Abeille, lui dit-il.

— Et toi, répondit-elle, petit roi Loc, puisses-tu n'avoir jamais rien à désirer, ou du moins rien à regretter!

Il avait bien quelque chose à désirer; mais vraiment il n'avait rien à regretter. Cette pensée le fit souper de bon appétit. Après avoir mangé un grand nombre de faisans truffés, il appela Bob.

— Bob, lui dit-il, monte sur ton corbeau; va trouver la princesse des Nains et dis-lui que Georges de Blanchelande, qui fut longtemps prisonnier des Ondines, est aujourd'hui de retour aux Clarides.

Il dit, et Bob s'envola sur son corbeau.

CHAPITRE XIX

QUI TRAITE DE LA MERVEILLEUSE RENCONTRE

QUE FIT JEAN LE MAITRE TAILLEUR ET DE LA BONNE CHANSON

QUE LES OISEAUX DU BOCAGE CHANTÈRENT A LA DUCHESSE

Quand Georges se retrouva sur la terre où il était né, la première personne qu'il rencontra fut Jean, le vieux maître tailleur, portant sur son bras un habit rouge au majordome du château. Le bonhomme poussa un grand cri à la vue du jeune seigneur.

— Saint Jacques ! dit-il, si vous n'êtes pas monseigneur Georges de Blanchelande, qui s'est noyé dans le lac voilà sept ans, vous êtes son âme ou le diable en personne!

Georges répondit :

— Je ne suis ni âme ni diable, mon bon Jean, mais bien ce Georges de Blanchelande qui se glissait autrefois dans votre échoppe et vous demandait des petits morceaux de drap pour faire des robes aux poupées de ma sœur Abeille.

Mais le bonhomme se récriait :

— Vous n'avez donc point été noyé, monseigneur? J'en suis aise! Vous avez tout à fait bonne mine. Mon petit fils Pierre, qui grimpait dans mes bras pour vous voir passer le dimanche matin à cheval à côté de la duchesse, est devenu un bon ouvrier et un beau garçon. Il est, Dieu merci, tel que je vous le dis, monseigneur. Il sera content de savoir que vous n'êtes pas au fond de l'eau et que les poissons ne vous ont point mangé, comme il le croyait. Il a coutume de dire à ce sujet les choses les plus plaisantes du monde; car il est plein d'esprit, monseigneur. Et c'est un fait qu'on vous regrette dans toutes les Clarides. Votre enfance était pleine de promesses. Il me souviendra jusqu'à mon dernier soupir qu'un jour vous me demandâtes mon aiguille à coudre, et, comme je vous la refusai parce que vous n'étiez pas d'âge à la manier sans danger, vous me répondites que vous iriez au bois cueillir les belles aiguilles vertes des sapins. Vous dites cela, et j'en ris encore. Sur mon âme! vous dites cela. Notre petit Pierre trouvait aussi d'excellentes reparties. Il est aujourd'hui tonnelier, à votre service, monseigneur.

— Je n'en veux pas d'autre que lui. Mais donnez-moi, maître Jean, des nouvelles d'Abeille et de la duchesse.

— Hélas! d'où venez-vous, monseigneur, si vous ne savez pas que la princesse Abeille fut enlevée il y a sept ans par les Nains de la montagne? Elle disparut le jour même où vous fûtes noyé; et l'on peut dire que ce jour-là les Clarides perdirent leurs deux plus douces fleurs. La duchesse en mena un grand deuil. C'est ce qui me fait dire que les puissants de ce monde ont aussi leurs peines comme les plus humbles artisans et qu'on connaît à ce signe que nous sommes tous fils d'Adam. En conséquence de quoi un chien peut bien regarder un évêque, comme on dit. A telles enseignes que la bonne duchesse en vit blanchir ses cheveux et perdit toute gaieté. Et quand, au printemps, elle se promène en robe noire, sous la charmille où chantent les oiseaux, le plus petit de ces oiseaux est plus digne d'envie que la souveraine des Clarides. Toutefois sa peine n'est pas sans un peu d'espoir, monseigneur; car, si elle n'a point de nouvelles de vous, elle sait du moins par des songes que sa fille Abeille est vivante.

Le bonhomme Jean disait ces choses et d'autres encore; mais Georges ne l'écoutait plus depuis qu'il savait qu'Abeille était prisonnière des Nains. Il songeait :

— Les Nains retiennent Abeille sous la terre; un nain m'a tiré de ma prison de cristal; ces petits hommes n'ont pas tous les mêmes mœurs; mon libérateur n'est certainement pas de la race de ceux qui enlevèrent ma sœur.

Il ne savait que penser, sinon qu'il fallait délivrer Abeille.

Cependant ils traversaient la ville et, sur leur passage, les commères qui se tenaient sur le seuil de leur porte se demandaient entre elles qui était ce jeune étranger, et elles convenaient qu'il avait bonne mine. Les plus avisées, ayant reconnu le seigneur de Blanchelande, crurent voir un revenant et s'enfuirent en faisant de grands signes de croix.

— Il faudrait, dit une vieille, lui jeter de l'eau bénite, et il s'évanouirait en répandant une dégoûtante odeur de soufre. Il emmène maître Jean, le tailleur, et il le plongera sans faute tout vif dans les flammes de l'enfer.

— Tout doux, la vieille, répondit un bourgeois, le jeune seigneur est aussi vivant et plus vivant que vous et moi. Il est frais comme une rose et il semble venir de quelque cour galante plutôt que de l'autre monde. On revient de loin, bonne dame, témoin l'écuyer Francœur qui nous arriva de Rome à la Saint-Jean passée.

Et Marguerite la haumière, ayant admiré Georges, monta dans sa chambre de jeune fille et là s'agenouillant devant l'image de la sainte Vierge : « Sainte Vierge, dit-elle, faites que j'aie un mari tout semblable à ce jeune seigneur ! »

Chacun parlait à sa façon du retour de Georges, tant et si bien que la nouvelle en vola de bouche en bouche jusqu'aux oreilles de la duchesse, qui se promenait alors dans le verger. Son cœur battit bien fort et elle crut entendre tous les oiseaux qui chantaient dans la Charmille lui chanter :

Oui, oui, oui,
Oui, oui, oui,
Georges de Blanchelande,
Oui, oui, oui,
Dont vous avez nourri l'enfance,
Oui, oui, oui,
Est ici, est ici, est ici !
Oui, oui, oui,

Francœur s'approcha respectueusement d'elle et lui dit :

— Madame la duchesse, Georges de Blanchelande, que vous avez cru mort est de retour; j'en ferai une chanson.

Cependant les oiseaux chantaient :

Cui, cui, cui, cui, cui, cui,
Oui, oui, oui, oui, oui, oui,
Il est ici, ici, ici, ici, ici, ici !

Et quand elle vit venir l'enfant qu'elle avait élevé comme un fils, elle ouvrit les bras et tomba pâmée.

CHAPITRE XX

QUI TRAITE D'UN PETIT SOULIER DE SATIN

On ne doutait pas aux Clarides qu'Abeille eût été enlevée par les Nains. C'était aussi la croyance de la duchesse ; mais ses songes ne l'en instruisaient pas précisément.

— Nous la retrouverons, disait Georges.

— Nous la retrouverons, répondait Francœur.

— Et nous la ramènerons à sa mère, disait Georges.

— Et nous l'y ramènerons, répondait Francœur.

— Et nous l'épouserons, disait Georges.

— Et nous l'épouserons, répondait Francœur.

Et ils s'enquéraient auprès des habitants des mœurs des Nains et des circonstances mystérieuses de l'enlèvement d'Abeille.

C'est ainsi qu'ils interrogèrent la nourrice Maurille, qui avait nourri de son lait la duchesse des Clarides ; mais maintenant Maurille n'avait plus de lait pour les petits enfants et elle nourrissait les poules dans sa basse-cour.

C'est là que le maître et l'écuyer la trouvèrent. Elle criait : « Psit ! psit ! psit ! petits ! petits ! petits ! psit ! psit ! psit ! et elle jetait du grain à ses poussins.

— Psit! psit! psit! petits, petits, petits! C'est vous, monseigneur? psit, psit, psit! Est-il possible que vous soyez devenu si grand... psit! et si beau? Psit! psit! chu! chu! chu! Voyez-vous ce gros-là qui mange toute la pitance des petits? Chu! chu! fu! C'est l'image du monde, monseigneur. Tout le bien va aux riches. Les maigres maigrissent, tandis que les gras engraissent. Car la justice n'est point de la terre. Qu'y a-t-il pour votre service, monseigneur? Vous accepterez bien chacun un verre de cervoise!

— Nous l'accepterons, Maurille, et je vous embrasserai parce que vous avez nourri de votre lait la mère de celle que j'aime le plus au monde.

— C'est la vérité, monseigneur; mon nourrisson eut sa première dent à six mois et quatorze jours. Et à cette occasion la défunte duchesse me fit un présent. C'est la vérité.

— Eh bien, dites-nous, Maurille, ce que vous savez des Nains qui ont enlevé Abeille.

— Hélas! monseigneur, je ne sais rien des Nains qui l'ont enlevée. Et comment voulez-vous qu'une vieille femme comme moi sache quelque chose. Il y a beau temps que j'ai oublié le peu que j'avais appris et je n'ai pas même assez de mémoire pour me rappeler où j'ai pu fourrer mes lunettes. Il m'arrive de les chercher quand je les ai sur le nez. Goûtez cette boisson, elle est fraîche.

— A votre santé, Maurille; mais on conte que votre mari connut quelque chose de l'enlèvement d'Abeille.

— C'est la vérité, monseigneur. Bien qu'il n'eût pas reçu d'instruction, il savait beaucoup de choses qu'il apprenait dans les auberges et les cabarets. Il n'oubliait rien. S'il était encore de ce monde et assis avec nous devant cette table, il vous conterait des histoires jusqu'à demain. Il m'en a dit tant et tant de toutes sortes qu'elles ont fait une fricassée dans ma tête et que je ne saurais plus, à cette heure, distinguer la queue de l'une de la tête de l'autre. C'est la vérité, monseigneur.

Oui, c'était la vérité, et la tête de la nourrice pouvait se comparer à une vieille marmite fêlée. Georges et Francœur eurent toutes les peines du monde à en tirer quelque chose de bon. Toutefois ils en firent sortir, à force de la retourner, un récit qui commença de la sorte :

— Il y a sept ans, monseigneur, le jour même où vous fîtes avec Abeille l'escapade dont vous ne revîntes ni l'un ni l'autre, mon défunt mari alla dans la montagne vendre un cheval. C'est la vérité. Il donna à la bête un bon picotin d'avoine mouillée dans du cidre, afin qu'elle eût le jarret ferme et l'œil brillant ; il la mena au marché proche la montagne. Il n'eût pas à regretter son avoine et son cidre, car le cheval en fut vendu plus cher. Il en est des bêtes comme des hommes : on les estime sur l'apparence. Mon défunt mari se réjouissait de la bonne affaire qu'il venait de conclure, et il offrit à boire à ses amis, s'engageant à leur faire raison le verre à la main. Or sachez, monseigneur, qu'il n'y avait pas un seul homme dans toutes les Clarides qui valût mon défunt mari pour faire raison aux amis, le verre à la main. Si bien que, ce jour-là, après avoir fait nombre de politesses, il s'en revint seul à la brune et prit un mauvais chemin, faute d'avoir reconnu le bon. Se trouvant proche une caverne, il aperçut, aussi distinctement qu'il était possible dans son état et à cette heure, une troupe de petits hommes portant sur un brancard une fille ou un garçon. Il s'enfuit de peur de malencontre ; car le vin ne lui ôtait pas la prudence. Mais à quelque distance de la caverne, ayant laissé choir sa pipe, il se baissa pour la ramasser et il saisit à la place un petit soulier de satin. Il fit à ce sujet une remarque qu'il se plaisait à répéter quand il était de bonne humeur : « C'est la première fois, se dit-il, qu'une pipe se change en soulier. » Or, comme ce soulier était un soulier de petite fille, il pensa que celle qui l'avait perdu dans la forêt avait été enlevée par les Nains et que c'était son enlèvement qu'il avait vu. Il allait mettre le soulier dans sa poche, quand des petits hommes, couverts de capuchons, se jetèrent sur lui et lui donnèrent des soufflets en si grand nombre qu'il resta tout étourdi sur la place.

— Maurille ! Maurille ! s'écria Georges, c'est le soulier d'Abeille ! Donnez-le moi, que j'y mette mille baisers. Il restera tous les jours sur mon cœur, dans un sachet parfumé, et quand je mourrai, on le mettra dans mon cercueil.

— A votre gré, monseigneur; mais où l'irez-vous chercher? Les Nains l'avaient repris à mon pauvre mari, et il pensa même qu'il n'avait été si consciencieusement souffleté que pour l'avoir voulu mettre dans sa poche et montrer aux magistrats. Il avait coutume de dire à ce sujet, quand il était de bonne humeur...

— Assez! assez! Dites-moi seulement le nom de la caverne.

— Monseigneur, on la nomme la caverne des Nains, et elle est bien nommée. Mon défunt mari...

— Maurille, plus un mot! Mais toi, Francœur, sais-tu où est cette caverne?

— Monseigneur, répondit Francœur en achevant de vider le pot de cervoise, vous n'en douteriez pas si vous connaissiez mieux mes chansons. J'en ai fait une douzaine sur cette caverne et je l'ai décrite sans oublier seulement un brin de mousse. J'ose dire, monseigneur, que sur ces douze chansons, six ont vraiment du mérite. Mais les six autres ne sont pas non plus à dédaigner. Je vais vous en chanter une ou deux....

— Francœur, s'écria Georges, nous nous emparerons de la caverne des Nains et nous délivrerons Abeille!

— Rien n'est plus certain, répondit Francœur.

CHAPITRE XXI

OU L'ON RACONTE UNE PERILLEUSE AVENTURE

Dès la nuit, quand tout fut endormi dans le manoir, Georges et Francœur se glissèrent dans la salle basse pour y chercher des armes. Là, sous les solives enfumées, lances, épées, dagues, espadons, couteaux de chasse, poignards brillaient : tout ce qu'il faut pour tuer l'homme et le loup. Sous chaque poutre, une armure complète se tenait debout, dans une si ferme et si fière attitude qu'elle semblait encore remplie de l'âme du brave homme qui l'avait revêtue jadis pour de grandes aventures. Et le gantelet pressait la lance entre dix doigts de fer, tandis que l'écu reposait sur les tassettes de la cuisse, comme pour enseigner que la prudence est nécessaire au courage et que l'excellent homme de guerre est armé pour la défense aussi bien que pour l'attaque.

Georges choisit entre tant d'armures celle que le père d'Abeille avait porté jusques dans les îles d'Avalon et de Thulé. Il la ceignit avec l'aide de Francœur et il n'oublia pas l'écu sur lequel était peint au naturel le soleil d'or des Clarides. Francœur revêtit à son tour la bonne vieille cotte d'acier de son grand-père et se coiffa d'un bassinet hors d'usage auquel il ajouta une espèce de plumet, plumail ou plumeau miteux et dépenaillé. Il fit ce choix par fantaisie et pour avoir l'air réjouissant ; car il estimait que la gaieté, bonne en toute rencontre, est particulièrement utile là où il y a de grands dangers à courir.

S'étant ainsi armés, ils s'en allèrent, sous la lune, dans la campagne noire. Francœur avait attaché les chevaux à l'orée d'un petit bois, proche la poterne, où ils les trouvèrent qui mordaient l'écorce des arbustes ; ces chevaux étaient très vites, et il leur fallut moins d'une heure pour atteindre, au milieu de Follets et d'apparitions confuses, la Montagne des Nains.

— Voici la grotte, dit Francœur.

Le maître et l'écuyer mirent pied à terre et s'engagèrent, l'épée à la main, dans la caverne. Il fallait un grand courage pour tenter une pareille aventure. Mais Georges était amoureux et Francœur était fidèle. Et c'était le cas de dire :

Que ne peut l'Amitié conduite par l'Amour ?

Le maître et l'écuyer marchèrent dans les ténèbres pendant près d'une heure, après quoi ils virent une grande lumière dont ils furent étonnés. C'était un de ces météores dont nous savons que le royaume des Nains est éclairé.

A la lueur de cette clarté souterraine ils virent qu'ils étaient au pied d'un antique château.

— Voilà, dit Georges, le château dont il faut nous emparer.

— Effectivement, répondit Francœur ; mais souffrez que je boive quelques gouttes de ce vin que j'ai emporté comme une arme ; car, tant vaut le vin, tant vaut l'homme, et tant vaut l'homme tant vaut la lance ; tant vaut la lance, tant moins vaut l'ennemi.

Georges, ne voyant âme qui vive, heurta rudement du pommeau de son épée la porte du château. Une petite voix chevrotante lui fit lever la tête et il aperçut à l'une des fenêtres un très petit vieillard à longue barbe qui demanda :

— Qui êtes-vous ?

— Georges de Blanchelande.

— Et que voulez-vous ?

— Reprendre Abeille des Clarides, que vous retenez injustement dans votre taupinière, vilaines taupes que vous êtes !

Le nain disparut et de nouveau Georges se trouva seul avec Francœur qui lui dit :

— Monseigneur, je ne sais si j'exagère en déclarant que, dans votre réponse au Nain, vous n'avez peut-être pas épuisé toutes les séductions de l'éloquence la plus persuasive.

Francœur n'avait peur de rien, mais il était vieux ; son cœur était comme son crâne, poli par l'âge, et il n'aimait pas qu'on fâchât les gens. Georges, au contraire, se démenait et poussait de grands cris :

— Vils habitants de la terre, taupes, blaireaux, loirs, furets et rats d'eau, ouvrez seulement cette porte et je vous couperai les oreilles à tous !

Mais à peine avait-il parlé de la sorte que la porte de bronze du château s'ouvrit lentement d'elle-même, sans qu'on pût voir qui en poussait les énormes battants.

Georges eut peur, et pourtant il franchit cette porte mystérieuse parce que son courage était encore plus grand que sa peur. Entré dans la cour, il vit à toutes les fenêtres, dans toutes les galeries, sur tous les toits,

sur tous les pignons, dans la lanterne, et jusque sur les tuyaux de cheminées, des Nains armés d'arcs et d'arbalètes.

Il entendit la porte de bronze se refermer sur lui et une grêle de flèches commença à tomber dru sur sa tête et sur ses épaules. Pour la seconde fois il eut grand'peur et pour la seconde fois il surmonta sa peur.

L'écu au bras, l'épée au poing, il monte les degrés, quand tout à coup il aperçoit debout sur la plus haute marche, dans un calme auguste, un Nain majestueux, portant le sceptre d'or, la couronne royale et le manteau de pourpre. Et il reconnaît en ce nain le petit homme qui l'avait délivré de la prison de verre. Alors il se jette à ses pieds et lui dit en pleurant :

— O mon bienfaiteur, qui êtes-vous? Êtes-vous donc de ceux qui m'ont pris Abeille que j'aime?

— Je suis le roi Loc, répondit le nain. J'ai gardé Abeille près de moi pour lui enseigner les secrets des Nains. Enfant, vous tombez dans mon royaume comme la grêle dans un verger en fleur. Mais les Nains, moins faibles que les hommes, ne s'irritent point comme eux. Je suis trop au-dessus de vous par l'intelligence pour ressentir quelque colère de vos actes, quels qu'ils puissent être. De toutes les supériorités que j'ai sur vous il en est une que je garderai jalousement : c'est celle de la justice. Je vais faire venir Abeille et je lui demanderai si elle veut vous suivre. Je ferai cela, non parce que vous le voulez, mais parce que je le dois.

Il se fit un grand silence, et Abeille parut en robe blanche, ses blonds cheveux épars. Sitôt qu'elle vit Georges, elle courut se jeter dans ses bras, et elle pressa de toutes ses forces la poitrine de fer du chevalier.

Alors le roi Loc lui dit :

— Abeille, est-il vrai que voilà l'homme que vous voulez épouser?

— Il est vrai, très vrai que le voilà, petit roi Loc, répondit Abeille. Voyez tous, petits hommes, comme je ris et comme je suis heureuse.

Et elle se mit à pleurer. Ses larmes coulaient sur la joue de Georges, et c'étaient des larmes de bonheur; elle y mêlait des éclats de rire et mille mots charmants qui n'avaient point de sens, pareils à ceux que bégayent les petits enfants. Elle ne songeait pas que la vue de sa joie et de son amour pouvait attrister le cœur du roi Loc.

— Ma bien-aimée, lui dit Georges, je vous retrouve telle que je le désirais : la plus belle et la meilleure des créatures. Vous m'aimez! Grâce au ciel, vous m'aimez! Mais, Abeille, n'aimez-vous point aussi un peu le roi Loc qui m'a tiré de la prison de verre où les Ondines me gardaient loin de vous?

Abeille se tourna vers le roi Loc :

— Petit roi Loc, tu as fait cela! s'écria-t-elle; tu m'aimais et tu as délivré celui que j'aimais et qui m'aimait....

Elle n'en put dire davantage et tomba à genoux, la tête dans ses mains.

Tous les petits hommes, témoins de cette scène, répandaient des larmes sur leurs arbalètes. Seul, le roi Loc gardait un visage tranquille. Abeille, lui découvrant tant de grandeur et de bonté, se sentait pour lui l'amour d'une fille pour son père. Elle saisit la main de son amant et dit :

— Georges, je vous aime; Georges, Dieu sait combien je vous aime. Mais comment quitter le petit roi Loc?

— Holà! vous êtes tous deux mes prisonniers, s'écria le roi Loc d'une voix terrible.

Il avait pris une voix terrible en manière d'amusement et pour faire une bonne plaisanterie. Mais, en réalité, il n'était point en colère. Francœur s'approcha de lui en mettant un genou en terre.

— Sire, lui dit-il, qu'il plaise à Votre Majesté de me faire partager la captivité des maîtres que je sers!

Abeille, le reconnaissant, lui dit :

— C'est vous, mon bon Francœur; j'ai joie à vous revoir. Vous avez un bien vilain panache. Dites-moi, avez-vous fait de nouvelles chansons?

Et le roi Loc les emmena tous trois dîner.

CHAPITRE XXII

PAR LEQUEL TOUT FINIT BIEN

Le lendemain, Abeille, Georges et Francœur revêtirent les somptueux vêtements que les Nains leur avaient préparés, et ils se rendirent dans la salle des fêtes où le roi Loc en habit d'empereur vint bientôt les rejoindre comme il l'avait promis. Il était suivi de ses officiers portant des armes et des fourrures d'une sauvage magnificence et des casques sur lesquels s'agitaient des ailes de cygne. Les Nains, accourus en foule, entraient par les fenêtres, les soupiraux et les cheminées, et se coulaient sous les barquettes.

Le roi Loc monta sur une table de pierre à une extrémité de laquelle étaient rangés des buires, des flambeaux, des hanaps et des coupes d'or fin, d'un travail merveilleux. Il fit signe à Abeille et à Georges d'approcher, et dit :

— Abeille, une loi de la nation des Nains veut qu'une étrangère reçue dans nos demeures soit libre au bout de sept ans révolus. Vous avez passé sept années au milieu de nous, Abeille ; et je serais un mauvais citoyen et un roi coupable si je vous retenais davantage. Mais avant de vous laisser aller, je veux, n'ayant pu vous épouser, vous fiancer moi-même à celui que vous avez choisi. Je le fais avec joie, parce que je vous aime plus que moi-même et que ma peine, s'il m'en reste, est comme une petite ombre que votre bonheur efface. Abeille des Clarides, princesse des Nains, donnez-moi votre main ; et vous Georges de Blanchelande, donnez-moi la vôtre.

Ayant mis la main de Georges dans celle d'Abeille, le roi Loc se tourna vers le peuple et dit d'une voix forte :

— Petits hommes, mes enfants, vous êtes témoins que les deux qui sont là s'engagent l'un l'autre à s'épouser sur la terre. Qu'ils y retournent ensemble et y fassent ensemble fleurir le courage, la modestie et la fidélité, comme les bons jardiniers font éclore les roses, les œillets et les pivoines.

A ces mots, les Nains poussèrent de grands cris, et, ne sachant s'ils devaient se plaindre ou se réjouir, ils étaient agités de sentiments contraires. Le roi Loc se tourna de nouveau vers les fiancés, et, leur montrant les buires, les hanaps, toute la belle orfèvrerie :

— Voilà, leur dit-il, les présents des Nains. Recevez-les, Abeille, ils vous rappelleront vos petits amis; cela est offert par eux et non par moi. Vous saurez tout à l'heure ce que je veux vous donner.

Il y eut un long silence. Le roi Loc contempla avec une expression magnifique de tendresse Abeille, dont la belle tête radieuse s'inclinait, couronnée de roses, sur l'épaule du fiancé. Puis il reprit de la sorte :

— Mes enfants, ce n'est pas assez de s'aimer beaucoup; il faut encore se bien aimer. Un grand amour est bon, sans doute; un bel amour est meilleur. Que le vôtre ait autant de douceur que de force; que rien n'y manque, pas même l'indulgence, et qu'il s'y mêle un peu de pitié. Vous êtes jeunes, beaux et bons; mais vous êtes hommes, et, par cela même, sujets à bien des misères. C'est pourquoi, s'il n'entre pas quelque pitié dans les sentiments que vous éprouvez l'un pour l'autre, ces sentiments ne seront pas appropriés à toutes les circonstances de votre vie commune; ils seront comme des habits de fête qui ne garantissent point du vent et de la pluie. On n'aime sûrement que ceux qu'on aime jusque dans leurs faiblesses et leurs pauvretés. Épargner, pardonner, consoler, voilà toute la science de l'amour.

Le roi Loc s'arrêta, saisi d'une émotion forte et douce. Puis il reprit :

— Mes enfants, soyez heureux; gardez votre bonheur, gardez le bien.

Pendant qu'il parlait, Pic, Tad, Dic, Bob, Truc et Pau, pendus au manteau blanc d'Abeille, couvraient de baisers ses bras et ses mains. Et ils la suppliaient de ne les point quitter. Alors le roi Loc tira de sa ceinture une bague dont le chaton jetait des gerbes de lumière. C'était la bague

Carl Behrts.80

magique qui avait ouvert la prison des Ondines. Il la passa au doigt d'Abeille et dit :

— Abeille, recevez de ma main cet anneau qui vous permettra d'entrer à toute heure, vous et votre mari, dans le royaume des Nains. Vous y serez reçus avec joie et aidés de toutes les manières. Enseignez, en retour, aux enfants que vous aurez à ne point mépriser les petits hommes innocents et laborieux qui vivent sous la terre.

FIN

TABLE DES XXII CHAPITRES

DANS LESQUELS L'HISTOIRE D'ABEILLE DES CLARIDES EST CONTÉE
AVEC MILLE DÉTAILS PLUS PRÉCIEUX ENCORE A CONNAITRE
QUE LES ACTIONS AUXQUELLES CES DÉTAILS
SE RAPPORTENT

IMPRIMÉ

PAR

P. MOUILLOT

A

PARIS

ABEILLE

PAR

ANATOLE FRANCE

CHARAVAY FRÈRES

A PARIS

www.ingramcontent.com/pod-product-compliance
Ingram Content Group UK Ltd.
Pitfield, Milton Keynes, MK11 3LW, UK
UKHW031935260826
14628UKWH00004B/1637

9 782019 145521